Fábrica De Cristos

Gabriel Santana

Era uma vibrante e gloriosa colônia espiritual, mas nós chamávamos simples e carinhosamente de "Ilha". Ali viviam milhões de almas, sendo que minha família ocupava o extremo sul de uma vasta península, rumo ao Morro do Castelo. Havia mesmo um castelo gigantesco, um palácio branco de pedras brilhantes que tocava as estrelas com suas torres pontiagudas, cujas ameias margeavam o desenho da curva que a praia fazia em direção ao outro extremo da porção de terra no qual passávamos nossos séculos de paz e aprendizado.

Minha casa ficava entre a o morro e a planície, sobre uma falésia poucos quilômetros antes da curva, da onde era possível enxergar o castelo, ao sul, o grande Hotel de visitantes, na planície da ponta da praia que ficava na outra extremidade, a Vila, que era, na realidade, uma gigantesca cidade onde vivia a maioria dos habitantes e que ficava há alguns quilômetros no interior atrás de casa, e as montanhas de pico congelado, ao fundo. Na frente de casa, alguns metros de jardim, um barranco, praia e mar.

Para quem vivia na praia, em geral, as habitações eram simples e bem espaçadas uma das outras. Minha casa, como a maioria, tinha três andares. Uma construção combinada com madeira, vidro, pedras, cristais e metal, como qualquer outra edificação. Tínhamos uma piscina no quintal, horta, uma vasta plantação de frutas, hortaliças e flores, que começava no meu quintal e atravessava toda a região onde a vista alcançava. No primeiro andar, sala e cozinha. No segundo, quartos e biblioteca. No terceiro, meu espaço de meditação, criação e observatório.

Ao contrário de ser um privilégio morar à beira-mar como pudesse parecer, o merecimento de se tornar efetivamente um cocriador é que nos tornava habitantes daquela faixa de terra mais distante e contemplativa. Fora o castelo obra coletiva de imenso trabalho de manifestação do pensamento criativo e técnica de manipulação do fluído cósmico universal, aquele que a tudo da forma e da vida, sob os auspícios do Grande Criador e seus colaboradores. Ora, era justamente o ponto ao qual almejávamos galgar desde que chegamos àquela colônia. Minha morada fora fruto de técnica e esforço pessoal desde o início da minha aprendizagem. A cidade, o Grande Hotel, obra de outros grandes ex-moradores de outrora, já iniciados numa tarefa maior em algum lugar da vasta imensidão do universo.

Da mesma forma, todo cidadão que adquirisse a capacidade de criar conforme os anos de aprendizado nas escolas da cidade, poderia manifestar sua vontade nas áreas mais remotas da ilha, ou nas montanhas, no próprio ambiente marinho, desde que bem orientado por professores mentores de grande providência. A Ilha, portanto, era nada mais, nada menos, do que uma grande escola, como quase todos os ambientes de todos os orbes existentes no cosmos. Meus vizinhos eram minha família espiritual. Companheiros de toda uma jornada existencial, quem em algumas encarnações, tornamo-nos amigos, inimigos, parentes, cônjuges. Fomos irmãos, filhos, pais, amores, reis, mendigos, guerreiros, escravos. Ao deixarmos pra trás a roda cármica, ao descobrirmo-nos como essência divina que éramos, passamos a nos deixar conhecer como Lucian, Angela, Hernan, Mariliz, Alexis e Alice.

Havia outros, contudo. Também parte da família, também irmãos de jornada existencial. Uns, no entanto, ainda estavam em esferas inferiores, outros encarnados em planetas distantes de expiações e provas, até planetas penitenciárias. Eram raríssimos os que se encontravam em condições evolutivas superiores, missões maiores, ambientes mais elevados e sublimes.

Angela era uma dessas raras exceções de espíritos angelicais que faziam parte da nossa família. Diretora e Grande Mentora da Escola da cidade, passara tempos em esfera superior, de onde retornara para assumir o posto de Grande Mentora da colônia, ocupação que fazia com amor e sabedoria. Angela deixara de reencarnar séculos antes de nós outros, assumindo o cargo de nossa mentora para nos auxiliar em nossa evolução e ajudar-nos finalmente a alcançarmos nossa condição atual.

Éramos espíritos livres, de ambiente criativo, num planeta de paz e harmonia, onde não mais reencarnavam espíritos no nosso plano terrestre. Nossa missão ali consistia no aprendizado contínuo de criação, seja de plantas, animais, alimentos, artes, construção, tecnologia para todos os fins, fluídos e o que mais pudesse acrescentar na eterna evolução do todo universal, em consonância com a lei de equilíbrio, com elementos primordiais já existentes e manifestados pelo Criador.

Eu mesmo havia sugerido a formação do Castelo de pedra; uma singela homenagem ao ambiente onde Angela e eu nos casamos numa de nossas felizes encarnações, onde vivemos setenta e sete anos, criamos quatro filhos e proporcionamos uma jornada de felicidade, prosperidade, fartura e dignidade para nossa corte e população.

Eu caminhava pela praia quando avistei um brilho dourado forte no céu, ao longe no horizonte. Angela volitava em minha direção, até descer na minha frente com tranquilidade.

A visão daquele espírito puro era chocante. Uma forma feminina toda harmoniosa, uma pele alva e delicada, longos cabelos negros e olhos que ora pareciam verde, ora azuis, conforme o brilho. Angela assumira uma de suas formas de quando éramos encarnados e formávamos um casal, quando ainda se chamava Caterina. Ela sabia que eu tinha amado Caterine como a nenhuma mulher antes em vidas passadas, e sabia que eu gostava daquela forma.

Deu-me um abraço afetuoso, antes de afastar o rosto, me olhar nos olhos e me beijar com amor de mulher humana. No final, abriu um sorriso de mistério, seus dentes brilhavam como diamantes, seus olhos cintilavam de alegria.

__Vamos receber uma visita. Mas não uma visita comum de turistas ou estudantes. Vamos receber um espírito muito querido pelo Senhor. Um ser extraordinário, de uma galáxia vizinha.

__Um Cristo? - Perguntei curioso. - Eu conheço?

__Conhece de fama, mas vai conhecer melhor quando virmos o arquivo. Lá dentro.

Angela apontou nossa casa, fiz menção de volitar. Ela segurou na minha mão com um olhar carinhoso de reprovação.

__Vamos caminhando, bem devagar. Quero ver se você está cuidando bem das minhas filhas.

Caminhamos devagar pela areia branca e macia, que fazia um ruído curioso conforme Angela pisava. Atravessamos devagar os quilômetros que faltavam até a escadaria em caracol de madeira vermelha que subia até o topo da falésia, onde avistamos o imenso jardim de flores coloridas que ela cultivava e tratava como filhas.

Conforme avançávamos, as flores entoavam uma linda melodia - que comigo jamais fizeram - , alternando suas cores e vibrando em harmonia festiva a presença de sua criadora.

Angela passava muito mais tempo do que eu na Grande Escola, no interior da Vila, onde ela dirigia e eu lecionava. Vinha visitar seu jardim todo final de tarde, quando passávamos bons tempos juntos, preparando refeições deliciosas antes que ela retornasse para a Vila e eu desse continuidade nos trabalhos de criação, que executávamos no salão principal do castelo, junto de nossa família, alunos ou visitantes. O castelo era também utilizado para festas, comemorações, além de servir de repouso para visitantes ilustres de outros orbes, galáxias e confins do universo.

Hernan, Mariliz, Alexis e Alice nos esperavam na porta de casa, com um largo sorriso no rosto.

__Ficamos sabendo da boa nova. Espero que a surpresa ainda não tenha sido revelada - disse Hernan enquanto caminhava para nos abraçar.

__Ainda não - respondeu Angela. - Que Bom que vieram.

__Não poderíamos perder essa benção. Quem diria que íamos receber um Cristo tão importante - disse Mariliz, imediatamente fulminada pelo olhar dos presentes.

__Um Cristo? - questionou Alexis. - Eu pensei que fosse um Mentor, um Arcanjo...

__Mariliz leu meu pensamento, novamente - disse Angela em tom amistoso, para riso geral.

__Não foi intencional, amores... Seus pensamentos estavam gritando - concluiu aos risos.

Os presentes trocaram afetos, cumprimentos e colocaram a conversa em dia na sala de casa. Alexis preparou uma deliciosa refeição com hortaliças e frutas do quintal. No geral, nos alimentávamos bem antes de produzir, estudar ou tentar criar algo. Ali, no entanto, estávamos nos divertindo, nos encontrando e celebrando a vida, algo que também requer energia.

O trabalho de criação não era diferente do trabalho de um cientista em laboratório. Não se inventava nada apenas por inventar. Normalmente, fazíamos para suprir uma demanda ou aperfeiçoar algo já existente. E nem tudo que criávamos era aproveitado. Normalmente, havia algo parecido ou melhor em outras cidades, outros orbes. Era preciso estar atento e bem informado à enorme programação da Grande Família Universal. E era através da meditação que nos atualizávamos diariamente de todos os acontecimentos importantes no universo. Para não incorrer em excessos, utilizávamos filtros do que era mais adequado às nossas necessidades, nosso trabalho e até nossa curiosidade. Quando nos era autorizado a criar algo fora dessa órbita, fazíamos sob orientação de Angela, acordo coletivo e visando uma função. Assim se sucedeu, exemplarmente, com o Castelo. Uma obra coletiva, que cumpria uma função e que refletia anos de estudos de manipulação do fluído cósmico: o trabalho de conclusão de um curso.

Quando as amenidades terminaram, Angela nos pediu pra subir. Nos transportamos sem demora para o terraço, atravessamos o vasto salão oval com piso em madeira e teto abobadado transparente, que proporcionava uma visão espetacular das estrelas e planetas do nosso sistema. Seguimos em direção à varanda em silêncio. Angela pediu que sentássemos confortáveis, enquanto fez surgir no horizonte de alguns passos, uma tela de uns oito metros quadrados, com o mar ao fundo. Angela sentou-se ao meu lado, fechou os olhos e começou a procurar o arquivo. Sem demora, o filme começou a se desenrolar.

O filme narrava a história de um espírito em suas primeiras encarnações. Era um espírito aparentemente comum, que ao longo da história ia se mostrando cada vez mais extraordinário. Diferente da maioria dos outros arquivos que tínhamos acompanhado, esse espírito não havia caído em nenhuma de suas encarnações. Quando precisou ir pra guerra, o fez para sanar um mal maior. As decisões que tomava raramente se mostravam equivocadas, nunca pendia para o egoísmo ou a cobiça, e em muitas encarnações acabava morrendo jovem, perseguido e odiado pelos poderosos de plantão. Não tínhamos a menor dúvida de que se tratava de um espírito incomum.

Quando foi senhor de escravos, libertou-os e os tratou como família. Quando foi guerreiro, defendeu os fracos e trabalhou pela paz. Sua fúria só se manifestava no calor das batalhas: era um guerreiro implacável e de grande valentia, sendo abatido poucas vezes e de maneira covarde. Quando governou, foi justo e soube repartir as riquezas do mundo.

A história daquele homem era completamente diferente da minha. Minhas encarnações, desde os primórdios, foram repletas de fúria, ódio, conflitos e maldade. Acumulei carmas terríveis, passei por encarnações dolorosas e miseráveis em função de todo o mal que causei a mim mesmo e aos outros. O que era muito comum, o que ocorrera com todos nós ali, praticamente. Na minha veste mais terrível, fui um sacerdote que abusava da fé dos fiéis, corrompia os que estavam ao meu redor em benefício egoísta, prostitui irmãs queridas, abusei de álcool e drogas e enriqueci sobre o esforço alheio. Mandei matar, roubar e escravizar. Foram necessárias dezenas de encarnações, após um extenso período de exílio, para me recuperar como espírito livre e poder saldar, aos poucos, meus débitos ao longo das eras.

O filme chegava em sua metade e espírito finalmente tornou-se puro. Depois de espírito puro, parou de encarnar e finalmente ir ao encontro dos braços do Pai. Quando retornou, fez o que poucos faziam: pediu para encarnar e continuar sua jornada ao longo dos planetas habitados por seres imperfeitos, com um longo caminho de evolução pela frente. Autorizado, levou luz aos mundos e resgatou das profundezas dos mais tenebrosos umbrais, milhões de espíritos caídos. Ele saia de um mundo com seu legado vivo entre os corações humanos e já ia para um próximo.

No último planeta que ele decidiu encarnar, após milhares de anos de preparação para finalmente caber numa das vestes mais densas do cosmo, não foi bem recebido. Após um curto período de lições, demonstrações incríveis de amor e carinho pelos seus irmãos, foi cruelmente preso, torturado, morto crucificado e humilhado diante daqueles a quem foi prestar socorro.

No final do filme, ele retorna para seu orbe de origem no céu e é acolhido por Deus, novamente, ascendendo como o Cristo daquela galáxia. A história fascinante de Jesus terminava na tela diante dos nossos olhos marejados como uma das mais belas histórias vistas por todos nós.

__Gostaram? - perguntou Angela em tom de brincadeira fechando a tela e encerrando a transmissão do arquivo.

__Quando ele vem? - perguntou Alexis.

Angela respirou fundo, como quem saboreava a informação.

__Amanhã eu vou transmitir o arquivo para toda a Vila, conforme me foi orientado. Semana que vem estarão aqui Jesus e mais dois espíritos acompanhando-o.

__Só dois? - questionou Hernan.

Angela era a única de nós que conhecia bem o planeta Terra e seus habitantes. Tinha passado por duas encarnações lá, centenas de anos antes de Jesus, na Índia e no Egito, ambas em missão. Era comum que espíritos de alta grandeza fossem convidados ou mesmo se oferecessem para prestar serviços de auxílio aos irmãos menos evoluídos em planetas de expiações e prova, como a Terra.

Pelo que ela nos contou, a Terra estava passando por um período de transição para se tornar um planeta regenerado, isso depois de mais de dois mil anos da passagem de Jesus encarnado por lá, o que dava exatamente a noção do grau de atraso que seus habitantes estavam.

__Isso tem a ver com a visita dele aqui? - perguntou Mariliz, enquanto trocávamos olhares apreensivos.

Angela hesitou por um instante, mas pensou bem e finalmente ponderou.

__Jesus é um Cristo que por algum motivo decidiu nos visitar. E eu não acredito que ele venha pra cá tirar férias ou fazer turismo. Se ele quer nos conhecer é porque certamente fizemos por merecer, e devemos estar abertos caso ele nos solicite para uma missão maior. Afinal, é pra isso que nos preparamos diariamente.

Depois que conclui toda a grade de cursos da Grande Escola, passei a lecionar no período da tarde. Eu tinha as manhãs livres para ler, ver filmes, caminhar na praia, pintar, aprender música, escrever, fazer o que eu quisesse. Antes de entardecer, havia um breve período noturno, quando a órbita de uma de nossas luas encobria nosso sol. Quando o sol reaparecia, iniciava-se o período de entardecer. A tarde durava um pouco mais de oito horas, e só então anoitecia de fato, por um período de dezesseis horas, até que o sol voltasse a brilhar. Ainda assim, o período noturno não cobria nossa pequena esfera de escuridão: nossas plantas, nossas árvores, pedras, nossos lagos e rios, nossos monumentos de cristais e metais brilhantes irradiavam o brilho que haviam emprestado do sol durante o dia. Na Colônia, jamais havia escuridão total. Mesmo nosso fechar de olhos era colorido e cheio de atividades, e era um dos períodos mais importantes da noite, onde de fato nos inteirávamos dos acontecimentos do cosmos.

Nosso céu noturno era outro espetáculo à parte. Rico e brilhante, com estrelas tão intensas que pareciam próximas a ponto de podermos apalpa-las. Planetas próximos faziam parte do espetáculo, com seus anéis e luas brilhantes, pintados com cores vivas e das mais variadas; nebulosas de formas curiosas, cometas incansáveis, possivelmente um horizonte celeste dos mais lindos do universo.

Eu costumava me teletransportar de casa para o trabalho e do trabalho para casa. Fechava os olhos na praia e abria imediatamente dentro da sala de aula, com os vinte alunos sentados na sala com vista para a cidade. Na manhã em que ocorreram os eventos que mudariam minha vida de cabeça para baixo, resolvi caminhar.

Pisei na estrada atrás das videiras e segui rumo a leste. Ainda era o crepúsculo que antecedia o entardecer, e logo o sol brilharia novamente após uma breve pausa por conta da lua branca que se mostrava radiante. As flores do caminho pareciam mais brilhantes e vivas do que nunca, e por uma fração de segundo questionei-me porque não fazia aquela caminhada mais vezes, como quando me mudei para a beira-mar.

O caminho para a Vila era forrado por gramíneas e estreito, suficiente apenas para uma carruagem larga, como a da família Vieira, que sempre passava por ali naquele horário, me obrigando a dar um passo para o lado, enquanto saltitantes cavalos brancos puxavam uma abóbora gigante, cheia de crianças, perseguida por meia dúzia de cães animados, conduzida pelo casal de veterinários mais criativos da cidade. A copa das árvores se emaranhava, formando um arco por cima do caminho. Uma revoada de pássaros coloridos cruzava o arco-íris de quinze cores no final da trilha íngreme, onde após quase meia hora de caminhada, podia-se avistar a maravilhosa Vila da Lua, com suas construções extraordinárias, suas árvores milenares que se confundiam com as moradias, fontes dançantes em praças públicas povoadas de música, arte e riso, casas multiformes, rios e lagos coloridos, gente volitando como pássaros.

Mais alguns metros abaixo cruzei a ponte sobre o rio. Do alto avistei um cardume de peixes coloridos perseguidos por um casal de cães brincalhões. Pôneis saltitantes me receberam com alegria após o cruzamento. Passei pelo centro da praça de boas-vindas, onde acontecia um concerto da orquestra de alunos.

Caminhei pela avenida principal. Mais algumas centenas de metros chegaria ao prédio da Grande Escola.

Na primeira esquina, uma nave estava de saída para visitar uma cidade espiritual qualquer; saíam naves todos os dias, sempre no mesmo horário. Quem quisesse participar da excursão poderia consultar o destino previamente e confirmar presença. Um grupo de visitantes de outra galáxia observava tudo com muita atenção e curiosidade.

Passei pelo cruzamento e segui adiante. Faltando poucos metros para chegar ao destino, uma mensagem de Angela apareceu alguns metros a minha frente.

__Lucian, preciso que você venha o mais rápido possível. Amor eterno.

___Estou chegando - respondi avistando ao longe o enorme edifício brilhante que repousava no centro da Vila. Como sua mensagem fosse de urgência, fechei os olhos e me teletransportei para a sala principal do prédio: a sala da diretora, no último andar.

A sala de Angela ficava abaixo do seu jardim, que medrava no terraço. Sua sala em forma de polígono era sóbria e formal, com enormes janelas com vista para a cidade. No centro, vertendo do chão até a altura de nossas cabeças, uma maquete do nosso orbe girava sem pressa: uma esfera azul com tons de verde e dourado. Mariliz, Alice e Hernan observavam alguns pontos, enquanto faziam comentários. Angela meditava de olhos fechados, enquanto Alexis se juntava a nós. Após uma longa pausa imersa em pensamentos, Angela abriu os olhos e se aproximou de nós ao redor do globo que pairava no centro da sala. Sem perda [i]de tempo, conclamou: "Para o Castelo".

Os portões do castelo estavam cerrados, quando pousamos de um breve voo da Escola até o imenso gramado que rodeava seus muros gigantescos.

__Vamos entrar? - perguntou Mariliz.

__Ainda não - respondeu Angela. - Vamos esperar - declarou após uma breve pausa.

Ficamos ali por algum tempo, enquanto um pequeno concerto de plantas começou a emanar uma melodia suave. O brilho da relva se intensificava com mais intensidade do que de costume. Podia ser a presença de Angela, pensei. Do nada, todo ruído cessou. Pássaros que sobrevoavam uma das torres em direção à cidade retornaram e pousaram sobre as ameias. As ondas do mar que batiam com força sob a encosta do penhasco contiveram-se. Era como se o planeta inteiro tivesse parado de girar. De repente, um enorme buraco se abriu no céu, quilômetros acima do gigante de pedra a nossa frente. Três colunas prateadas de luz saíram do seu vórtice e atingiram o centro do castelo com um impacto de fez sacudir tudo ao redor. Meus olhos não conseguiam absorver tamanha força e brilho, e tive que virar o rosto pra não ficar cego. Olhei ao redor, e meus companheiros já estavam olhando pra trás, alguns dando passos em retirada. Apenas Angela seguia firme em sua posição inicial. Com um enorme estrondo, o buraco se fechou e a intensa luz se apagou, como se tivesse penetrado cada célula de cada pedra do castelo, que brilhava como se tivesse sido tomado por um encanto, ou atingido por alguma chama misteriosa que o fazia irradiar uma luz dourada, quase fluorescente.

Angela se adiantou e seguiu em direção aos portões, que se abriram. Seguimos seus passos, com um misto de euforia e curiosidade. Ao atravessarmos os portões, uma onda de sentimentos invadiu nossos corpos espirituais. Alegria, amor, choro se misturavam em nosso perispírito como numa dança frenética que nos impelia a frente. Dez metros à frente, três esferas de luz pairavam no ar. Caímos de joelhos e começamos a chorar, impossibilitados de seguir adiante. Angela resistiu mais alguns metros, mas quanto mais se aproximava, mais difícil era pra ela. Alguns passos a nossa frente, ela também caiu de joelhos, e num esforço descomunal, abriu os braços. As esferas de luz se aproximaram dela, uma em cada braço, e a do centro pairava em sua testa. Um feixe se ativou a partir do centro das esferas, tocando o corpo espiritual de Angela, que conseguiu se levantar, enquanto a nossa frente, três formas humanas se manifestavam, contendo a onda de luz e sentimentos que invadiram nossa ilha.

Conseguimos nos levantar. Dessa vez foi Angela quem se ajoelhou, sem esforço, em sinal de respeito. A mulher correu para levantá-la, num gesto de profunda humildade. Uma criança saltitante a abraçou. Angela mal conseguia conter o choro e o riso. O homem, da minha altura, com longos cabelos, barbas bem feitas e olhos amendoados a abraçou como um largo sorriso nos lábios. Abraçados a ela, os três visitantes fizeram gestos com as mãos para que nos aproximássemos e juntos, fizemos um longo abraço afetuoso.

__Bem vindos, disse Angela assim que as ondas de alegria intensa se amainaram.

__É uma honra - respondeu Jesus gentilmente.

Um sem número de animais de todas as espécies invadiram o castelo logo que as emanações de energia do castelo se tornaram mais brandas. Na sequência, vizinhos, e logo toda a cidade se apertava e se espremia para conhecer os ilustres visitantes.

Jesus cumprimentou um por um, abraçou a todos os que conseguiram se aproximar, disse palavras de carinho e se misturou no meio da multidão. A criança, num gesto chamou um pônei e saiu galopando, convidando todos os animais a segui-la. Levou muito tempo até que o castelo fosse ficando cada vez mais vazio. Maria, a visitante que não saíra do lado de Angela o tempo todo, fez menção para que a seguíssemos para dentro.

As galáxias que continham planetas de expiações e prova, normalmente eram governadas por um Cristo. Eu nunca tinha estado na presença de um Cristo anteriormente, e os espíritos mais evoluídos que nos visitavam não eram superiores na hierarquia celeste à Angela. Angela estava abaixo de um Cristo planetário, um Cristo de sistemas e um Cristo galáctico, como era o caso de Jesus. Geralmente, esses Cristos habitavam a estrela central de um sistema, onde todos os planetas orbitavam.

A maioria dos planetas ou sistemas, no entanto, não era governada por Cristos. Como a nossa cidade, por exemplo. E ninguém morava no nosso Sol. Era necessário um corpo especial para habitar estrelas, algo como a forma dos nossos queridos visitantes. Além de uma permissão que a nós não era, até então, concedida.

Angela materializou uma mesa redonda com cadeiras no interior do salão retangular do imenso salão vazio que fazíamos nossas confraternizações. Maria foi a última a se sentar.

__Jesus vai falar com vocês pessoalmente, assim que conseguir atender a todos - disse Maria enquanto se ajeitava na cadeira. - Isso pode levar alguns séculos - completou arrancando risos de todos.

Maria tinha longos cabelos negros, pele alva e olhos azuis. Seu semblante, assim como o de Jesus, emanava um misto de amor, paz e tranquilidade. Sua túnica era branca reluzente, como as nossas e da grande maioria dos moradores da Ilha. Quem não usava túnica preferia calça larga e camisa manga longa, como Jesus estava vestido. Por alguns instantes, conversamos amenidades. Maria era simpática e humilde, respondia todas as nossas questões com alegria e paciência. Passamos um bom tempo ali, até que pudemos felizmente relaxar diante de sua presença magnânima. A conversa ganhou ares amenos e prosaicos, até que finalmente culminou na alimentação. Decidimos então todos irmos pra cozinha. Maria observava cada detalhe do palácio, mas evitava fazer perguntas, e logo conclui que ela não precisava.

Quando nos sentamos novamente à mesa, com a refeição posta, Maria fechou os olhos e enviou uma mensagem. No mesmo instante, Jesus apareceu diante de nós. Sentando-se, fechou os olhos e fez uma breve oração de agradecimento.

Quando finalizou, abriu um largo sorriso e começamos a comer.

Diante de espíritos tão evoluídos, minha mente começou a tagarelar. A primeira coisa que me veio à cabeça foi se eles pudessem estar gostando daquela refeição, se comiam normalmente. Maria prontamente começou a falar sobre como eram algumas coisas no mundo deles, e que raramente se alimentavam, porque, basicamente, não precisavam, mas que reunir-se à mesa era um hábito que lhes dava muita alegria. E como sentar-se à mesa e observar enquanto os outros comiam não era necessariamente o comportamento adequado, divertiam-se com essas reuniões prazerosas.

Quando minha mente curiosa especulou sobre a forma de luz que eles se manifestaram no nosso encontro, Jesus simplesmente agradeceu Angela por 'emprestar' sua forma física para que eles pudessem se apresentar sem nos causar estranheza. E concluiu:

__Quando estiverdes diante de irmãos menos adiantados, nem sempre eles vos enxergarão como vós sois em essência, mas conforme sua capacidade momentânea.

E quando pensei na criança que eles haviam trazido, Maria sutilmente comentou que Sarah estava montada num golfinho no fundo do mar brincando com peixes e águas-vivas.

Quando terminamos, Jesus fez outra oração de agradecimento, essa mais longa. Quando abriu os olhos, colocou as duas mãos sobre a mesa, que desapareceu diante de nós. Ao levantarmos, as cadeiras também se foram. No lugar da pequena távola de madeira, surgiu a imagem de um planeta azul, muito semelhante ao nosso.

__A Terra - disse Jesus. - Lar de 20 bilhões de almas, das quais metade está pronta para ascender a um plano maior e continuar afortunadamente seu desenvolvimento rumo à evolução esperada pelo Pai. Para estes irmãos, uma senda gloriosa se abrirá em planos celestes mais elevados: Marte, Saturno, Vênus, Júpiter e outras esferas de outras galáxias já estão se preparando para receber parte desses bem aventurados espíritos.

Jesus olhou para Angela que acompanhava tudo atentamente.

__Graças ao trabalho da Grande Mentora Angela e seus colaboradores, as almas presentes aqui neste orbe também alcançaram o direito de buscar novos desafios na caminhada evolutiva.

__E para onde iremos, Senhor? - perguntou Hernan.

__Aos cidadãos da gloriosa Ilha está autorizada a colonização do Sol da galáxia - respondeu

Jesus. - À Angela e seus benquistos colaboradores, contudo, Nosso Senhor envia uma tarefa de maior delicadeza e importância.

Maria estendeu as duas mãos em direção ao planeta azul que girava no centro do salão e do seu lado, apareceu um outro planeta, parecido com a Terra.

__Quíron - disse Maria.

Jesus olhou a cada um de nós nos olhos, com severidade e carinho, como um grande líder que propõe um difícil desafio aos seus liderados.

__Dez bilhões de almas ascenderão da Terra para outros orbes. - Continuou o Cristo. - A outra metade, contudo, não conseguiu abandonar a infância espiritual e se encontra estacionada. O tempo do planeta já se esgotou, ele deixará de perecer conforme as emanações negativas dessas almas desafortunadas. É da vontade do Nosso Pai celestial que o planeta se regenere. Para tanto, devo retirar dez bilhões de almas desse orbe e realocá-los em outras moradas, para que o resgate dos débitos seja concluído e o desequilíbrio causado pelas ações desses irmãos seja reestabelecido.

__Quer dizer que 10 bilhões de seres caídos da Terra virão habitar nossa Ilha? - perguntei tentando disfarçar o incômodo.

Jesus percebeu. Angela me olhou nos olhos, tentando me tranquilizar. Alexis ficou confuso, Hernan também estava preocupado. Mariliz cerrou o cenho, incapaz de disfarçar o medo. Alice conteve um espasmo de espanto.

Jesus ponderou:

__Queridos irmãos, eu jamais traria um desafio que não fosse à altura da capacidade de cada um. E eu não esperava outra reação que não fosse de apreensão da parte de cada um de vós. Isso apenas demonstra o respeito à tarefa, o entendimento da grandiosidade que uma responsabilidade dessas enseja. O que Nosso Pai celestial vos pede é que empresteis vossos talentos para irmãos necessitados, transferindo sua atmosfera de beleza e bondade para um planeta em início de evolução, a fim de reiniciá-los no caminho da leveza, da gratidão, da bondade, da beleza e da criação de ambientes mentais mais amenos do que os que estão acostumados. Sois vós referência no Cosmos, e por isso venho até aqui, sem nenhum receio de que possam falhar na tarefa, convidá-los para integrar minha Galáxia, como grandes guias da humanidade degredada.

__Não somos dignos de tamanha tarefa, meu Senhor. Mas agradecemos a oportunidade de evoluir ainda mais e serviremos com honra ao Pai Celestial - disse Angela.

Jesus se aproximou de Angela e a tocou na testa. Angela se ajoelhou. Maria se aproximou por trás dela e apoiou as duas mãos em seus ombros. Uma esfera de luz, com o rosto da criança - Sarah - apareceu sobre sua cabeça. Os três começaram a entoar uma oração a uma só voz.

__Hoje, a vós confio a divina tarefa máxima do Pai Celestial. Entrego a vós a chave dos corações de almas aflitas. Esteja em vós a compaixão e a caridade, a misericórdia e o Amor. Que Deus Pai te guie e te ilumine na jornada. Que assim seja.

A esfera de luz desapareceu, e Angela se levantou tomada do mesmo brilho que Jesus e

Maria. Diante dos nossos olhos, estava ungida uma Crista planetária. E lançado o maior desafio de nossas existências.

Durante os dias que se seguiram, Jesus, Maria e Sarah caminharam pela Vila, conheceram melhor seus habitantes, participaram de celebrações e visitaram casas a convite dos habitantes. Em cada visita, em cada abraço, Jesus levava a boa nova de que muitos deles receberiam a Graça da elevação. Para os poucos que deveriam ficar e nos auxiliar na tarefa, contudo, Jesus ou Maria apareciam individualmente, numa oração, uma meditação ou uma simples caminhada no bosque, evitando aparecer em dois ou mais lugares ao mesmo tempo, proclamando que aquele espírito deveria ficar no planeta e ajudar a receber as aflitas almas terrestres.

Numa das minhas caminhadas na praia, Jesus veio me visitar. Não quis tocar no assunto de imediato, trocamos algumas amenidades sobre o mar, o vento, a chuva, o canto das aves e das flores. Jesus contou-me histórias de vidas passadas, aventuras de encarnações, pormenores sobre os habitantes da Terra. Para a minha surpresa, os degredados da Terra eram reincidentes; já haviam caído anteriormente de um outro sistema comandado por Jesus, um sistema trino chamado Capela, o que fizera Jesus mudar o rumo da sua abordagem, e delegar parte dessa tarefa a Mentores que estivessem menos envolvidos energeticamente.

__Qual a melhor forma de adiantar a evolução deles, Senhor? - perguntei num dado momento da caminhada.

Jesus sorriu.

__Empatia - respondeu. Não se preocupe tanto com a evolução deles. O tempo deles é diferente do vosso. No aspecto evolutivo, quanto menos adiantados eles estiverem, mais eles precisarão que vós adianteis a vossa - respondeu Jesus num tom que me escapou a compreensão.

No dia da partida de Jesus, uma nave gigantesca de um sistema distante se materializou sob nossa Ilha. Era a mesma nave que há séculos nos trouxera para cá. A nave mãe que levava e trazia os espíritos para longas viagens pelo Cosmos. Uma multidão de almas felizes fora sugada pela imponente obra da engenharia espiritual, deixando para trás apenas uma pequena fração de trabalhadores cujo destino de bilhões de almas terrestres pesava nas costas. Quando a nave desapareceu, Jesus, num último gesto de carinho, reuniu-nos a todos os que sobraram na Ilha, em frente ao Castelo que brilhava feito metal reluzente. Junto de Maria e Sarah, agradeceu a cada um de nós. Fez ainda uma oração, elevou os braços para o céu - que se abriu - e como o raio de luz prateada que viera, foi-se.

Tão logo Jesus se fora, Angela nos convocou para entrarmos dentro do castelo, que ainda brilhava com a mesma intensidade de quando Jesus chegou.

__Aqui será o hospital das almas - disse enquanto materializava dezenas de macas. Entendemos o recado e também iniciamos os trabalhos, preenchendo os quartos com camas confortáveis, transformando cada espaço vazio ou disfuncional em leitos. - Todo esse brilho é energia de cura. Não podemos desperdiçá-la - concluiu ao final dos trabalhos.

Os dias que se seguiram foram de trabalho duro. Reuniões, materializações e ajustes em toda a Ilha para recebermos da forma mais apropriada possível os novos habitantes. Algumas promoções precisaram ser feitas. A Grande Escola passou a cargo de um colaborador de Angela, Noah. Outros postos precisaram ser criados, a exemplo do que acontecia em outras esferas que precisavam receber espíritos em estado de expiações e provas, como ministério da reencarnação, por exemplo, que precisou ser materializado em conjunto por nós, ao lado da Grande Escola.

Toda uma linha de produção de suprimentos precisou ser criada. Os habitantes da Terra não eram es conscientes. Toda sua cocriação baseava-se no subconsciente e se manifestava em planos sutis. Em geral, espíritos densos produziam apenas trevas, vícios e prazeres efêmeros. Mesmo os de melhor índole eram incapazes de mentalizar atmosferas livres de dinheiro, fama e poder. A mais básica lei universal de causa e efeito era ignorada. Quando se desejava um bem, uma benção ou uma graça, era comum que o terráqueo médio oferecesse bens a entes invisíveis, ao invés de plantar com caridade o amor junto ao próximo. Às crianças espirituais da Terra demandaram toda uma logística de produtos primários dos quais eram incapazes de se livrar. Encarnados, esses seres ainda se alimentavam do cadáver dos seus irmãos primitivos na evolução. Era comum que em outras cidades espirituais, de acordo com Angela, houvesse desespero e revolta por conta da comida oferecida. Os pontos da cadeia de produção de suprimentos atenderiam ainda outras duas demandas: o trabalho, a que eles deveriam ser submetidos 'lá embaixo' no plano físico do tal planeta a que Jesus se referiu, e o hábito rotineiro de produzir, que eles deveriam carregar consigo durante cada encarnação, no sentido de aprimoramento pessoal e de relações, desenvolvimento tecnológico e para a manutenção do corpo.

Angela concluiu que, no plano etéreo, o básico para o funcionamento de um sistema de reencarnação estivesse pronto. Caso outras demandas surgissem, seria apenas o caso de ir adaptando a cidade conforme cada caso.

Faltava, então, fazer a transferência da nossa atmosfera para o tal planeta da famosa Via Láctea a qual Jesus era o Governador.

Transferir nossa Ilha com cada grão de areia e gota de água que ela continha era tarefa extremante simples. Bastava que qualquer um de nós fosse a um planeta qualquer e fizesse uma mentalização simples que uma cópia perfeita surgia na atmosfera do lugar, conforme nossa vontade, já que não havia necessidade de criar nada. Caso houvesse a necessidade de criar alguma coisa, teríamos um pouco mais de trabalho, precisaríamos de mais energia, mais concentração e a coordenação de um espírito mais elevado, como Angela, conforme a complexidade do trabalho.

Com tudo pronto na Ilha, faltava conhecer o famoso planeta Quíron.

Quíron acabara de sair da órbita de Urano e mergulhava no espaço para interagir com a órbita de Saturno, o que nos proporcionava uma visão instigante do planeta anelado. À primeira vista sua superfície era acre e desolada no ponto que pousamos. Partíamos de um ponto a outro procurando no solo as melhores ofertas de água e alimento onde poderíamos iniciar nossos primeiros experimentos com os corpos físicos que deveriam receber as almas vindouras.

O planeta, em si, era basicamente primitivo, mas ficamos felizes por descobrir que havia um contraste entra o deserto e as várias regiões de floresta úmida que encontramos durante a exploração. Havia gelo nos polos, continentes definidos e separados, algo muito semelhante com as condições da Terra, salientou Angela.

Manadas de mamíferos transitavam à procura de água e alimento. Um sem número de pássaros coloriam o céu, enquanto uma quantidade gigantesca de insetos emitia uma sonora melodia cacofônica. Havia montanhas, rios, lagos e pântanos. Vulcões amansados, crateras e vales a perder de vista, até que outro deserto avançasse com seu tom alaranjado em novas desolações.

Quando avistamos um vale com boa temperatura, um rio calmo e caudaloso cercado por árvores frutíferas e frondosas, sem perda de tempo, Angela fechou os olhos e fez brilhar no céu nossa bela Ilha, invisível aos corpos físicos.

Faltava então procurar um animal que se adequasse aos nossos propósitos. Não demorou muito até que um bando de símio humanoides se aproximasse para beber água do rio e coletar frutas.

__Precisamos ainda de uma espécie de suíno sem pelos e de um réptil de grande porte - determinou Angela conforme tinha em mente sua combinação genética.

Hernan e Alexis rapidamente providenciaram os espécimes. Angela calmamente emanou energias que os pôs pra dormir. Combinando os gametas do símio macho com o suíno e o réptil, Angela fecundou a primeira fêmea. Com a confirmação do zigoto, repetiu o processo em todos os pontos do planeta cuja combinação dessas espécies era mais ou menos parecida, podendo os embriões apresentarem pequenas variações de cor da pele, pelos mais lisos ou mais espessos, olhos maiores ou menores, coloridos ou não, de acordo com os espécimes disponíveis naquela região. Em certas regiões, ursos foram utilizados no lugar de macacos, rinocerontes no lugar, até serpentes no lugar de tartarugas. Isso não importava para o projeto. Angela sabia combinar as moléculas comuns nos seres vivos para assegurar o resultado desejado, mesmo que algumas variações sem importância no resultado final surgissem. O objetivo da composição básica era assegurar um corpo físico ereto capaz de acomodar um ser inteligente, adaptável ao ambiente, relativamente sociáveis entre si e com condições físicas de se defender de predadores. Uma expectativa de trinta anos de vida era suficiente até então. Conforme o projeto fosse avançando, novas alterações genéticas pontuais poderiam ser realizadas meticulosamente de acordo com as características que entendêssemos que fossem mais adequadas ao propósito.

Com os embriões em desenvolvimento, tínhamos pouquíssimo tempo até que as fêmeas começassem a parir. No plano físico, o tempo passava até quinze vezes mais devagar. Em pouco mais de cinco dias concluímos o trabalho com os hospedeiros, além de cultivarmos o solo com produtos que ali não havia, como uma grande variedade de grãos e hortaliças, mais adequadas ao paladar e às funções do novo corpo. Angela então deu o sinal verde ao Senhor para que as almas fossem trazidas para a Ilha. Naquela noite, voltamos para o céu.

Passaram-se algumas semanas até que o Senhor autorizasse a vinda da nave com as almas da Terra. O primeiro lote estava adormecido, e foi enviado direto para o hospital. Eram os espíritos mais problemáticos: genocidas, terroristas, assassinos em série, líderes religiosos charlatães, políticos corruptos, militares, milícias, empresários armamentistas que enriqueceram com a morte, narcotraficantes, entre outros. Eles seriam os últimos a encarnar, mas enquanto estivessem no plano espiritual, não podiam sair do hospital, onde pairava no ambiente a energia de cura do Cristo.

O segundo lote, também adormecido, foi enviado ao Grande Hotel de visitantes e também foi mantido adormecido. Eram viciados de todos os tipos: drogas, álcool, prostituição, jogos de azar e exploradores desses viciados; fanáticos religiosos, estupradores, cafetões, extremistas políticos, assassinos entre outros criminosos menores.

O terceiro lote veio adormecido na viagem, mas foi desperto tão logo pisaram na areia da praia. Era o maior número, e foram logo recebidos por todos nós com muito carinho e amor.

Como já soubessem o motivo do degredo, os espíritos terrestres trataram logo de se acomodar pela cidade. As casas logo foram ocupadas, as praças viraram motivo de encontros. Coube a nós mentores coordenarmos todo o processo de ocupação nas residências, nas fábricas de alimentos e na Grande Escola. Um número baixo de espíritos foi trazido nessa primeira leva, algo em torno de dez porcento do total que deveria ser enviado.

E era justamente o terceiro lote de espíritos que encarnaria primeiro.

O conjunto de espíritos que pisaria primeiro no chão de Quíron era constituído de um grupo totalmente heterogêneo, que ia desde infratores ambientais, suicidas, soldados, policiais infratores, bandidos, pequenos corruptos, até cientistas bélicos e homens comuns omissos com arbitrariedades, violência e desmandos. Esse grupo teria a missão de se reproduzir, se espalhar pela terra e formar comunidades, para que novas gerações pudessem encarnar com tranquilidade e encontrar um ambiente seguro. Apenas quanto leva de espíritos estivesse estabilizada, um outro grupo seria enviado, e assim sucessivamente. Conforme outras naves fossem chegando com mais espíritos, a preferência reencarnatória seria dada aos espíritos dessa categoria. Aos espíritos mais densos, adormecidos no hospital e do hotel, seria dada a oportunidade de reencarnar de maneira dispersa, pulverizando-os na terra aos poucos, de maneira calculada para que não se instalasse o caos.

Os seres da Terra eram pouco parecidos conosco. Um pouco mais baixos e atarracados, em sua maioria. Eram confusos, teimosos, inocentes e desconheciam os princípios mais básicos da convivência. Confundiam o Amor com o desejo, paixões efêmeras e mantinham a posse de pequenas insignificâncias como objeto valoroso. A grande maioria desconhecia o princípio básico de evolução, mesmo com tantos exemplos espalhados por todo o cosmos, como se fossem o degrau de uma escada que só é capaz de enxergar o que está imediatamente abaixo e acima dele, cego para a escalada como um todo, ignorante para o que o espera acima e destemido para a queda certa.

Como era esperado, os novos habitantes se adaptaram facilmente ao estilo de vida da Ilha. Adoravam música, as paisagens, as caminhadas pelos bosques, o banho de mar no litoral, as longas tardes nas cachoeiras e até as poucas horas de serviço na fábrica. Riam de tudo, se divertiam com pouco, arrumavam confusão por qualquer coisa, procuravam toda espécie de pequenos prazeres mundanos, ou algo que lhes dessem alguma vantagem em jogos trazidos por eles da Terra. Com a permissão de Angela, construíram em área verde campos para a prática de esportes, pistas de corrida, raias de voo e até um local que preparasse refeições parecidas com as que tinham em seu planeta natal.

Conforme a Ilha foi ganhando ares de novo lar e os moradores foram se adaptando à rotina, o tempo foi passando também no plano físico. E logo chegou a hora de enviar o primeiro grupo de espíritos para a dolorosa experiência na carne.

As fêmeas estavam com três meses de gravidez quando começaram a receber os primeiros espíritos, que desceram como pequenas sementes de luz para a superfície do planeta. Uma nuvem de vagalumes que saia do imenso prédio do centro da Vila após um pequeno período de incubação e que descia, como minúsculos cometas, ao encontro dos ventres de suas primeiras mães biológicas.

Acompanhamos os primeiros nascimentos e o que vimos nos preocupou. Algumas espécies de pais rejeitaram os filhos diferentes e o número de abandono e mortes foi infinitamente maior do que imaginamos. Uma leva considerável de luzes começou a voltar para o céu logo nos primeiros dias de nascimento. Os que sobreviveram também não tiveram um destino muito fortuito. Como seres frágeis, livres de garras e presas que lhes atribuíssem condições melhores para os confrontos, esses poucos sobreviventes viviam fugindo, por não conseguir acompanhar os pais, pela falta de pelos pra poder suportar determinadas condições climáticas, acabaram se refugiando em cavernas, ou migrando para os trópicos.

Angela então tomou uma sua primeira decisão unilateral: encarnar os guerreiros, os mais violentos e os militares mais hábeis em engenharia e batalhas. Sem ao menos serem despertos no plano espiritual para receberem orientação, saíram do hotel e do castelo uma horda de espíritos direto pra carne. Espíritos que havia décadas e até séculos adormecidos por muitas razões. Em comum, a violência e a morte.

Angela bloqueou sua mente, então não pudemos determinar se ela tinha consultado o Cristo para colossal decisão. Também não disse se o Cristo tinha dado carta branca para que Ela tomasse todas as decisões dali pra frente. Ou quem sabe o Cristo estivesse em outra missão importante e não pudesse responder de imediato, deixando a cargo dela esse tipo de decisão. Não deixou de figurar em minha mente a conversa que tive com o Cristo, em que ele deixava no ar que nós também estaríamos evoluindo, e talvez por isso Angela decidiu tomar as rédeas do planeta.

Os filhos dos encarnados nas cavernas tiveram mais sorte, e cresceram em condições favoráveis sob tutela dos pais medrosos e acuados. Ouviram histórias de terrores lá fora, numa linguagem onomatopeica e gestual, mas que ensejava o germe de uma série de futuras línguas, como era comum em encarnados primitivos.

Conforme a nova categoria de encarnados foi crescendo e se afastando das cavernas, em grupo, desenvolveram as primeiras armas pontiagudas. E foi justamente nesse lascar incessante de pedras e madeiras que as primeiras faíscas de fogo começaram a aparecer, de maneira precoce.

A descoberta do fogo encheu a Ilha de orgulho, e Angela respirou aliviada, na certeza de que tinha tomado a decisão correta. Os guerreiros se agruparam melhor do que os pais, espalharam-se com mais naturalidade e subjugaram os animais conforme sua força. Estabeleceram um estilo de vida nômade, baseado na caça, fazendo uso de roupas com peles, armas com chifres e até ornamentos para se destacar.

Com o sucesso da empreitada, Angela decidiu enviar como filhos destes uma outra leva de espíritos sofredores adormecidos. Havíamos notado que essa categoria de espíritos era mais adaptável ao ambiente hostil e ao estilo de vida rústico que o planeta primitivo ostentava. Contudo, algo chamou nossa atenção: quando um desses espíritos desencarnava, eram atraídos para a chão, a terra, as cavernas, buracos, lodo, lama e pântano. Esses espíritos não voltavam para o mundo espiritual sem auxílio dos mentores, e muitas vezes nem com o auxílio. Não era possível mobilizar todos os mentores para prestar auxílio no chão. Com o tempo, uma egrégora de energia densa foi se formando no interior da terra, mantendo os espíritos apegados à matéria e à violência presos nessa bolha energética por afinidade. Como esses espíritos sofressem ainda mais em meio a lava vulcânica, óleo, raízes de árvores e toda a sorte de substâncias contidas no interior da terra, Angela decidiu afastar energeticamente essa bolha para a parte inferior do planeta, contrastando com o céu. Quíron transformou-se em um ambiente de três planos: o Físico, das almas encarnadas, o Céu dos mentores e dos desencarnados presos ao círculo reencarnatório e o Térreo.

Como não fosse possível enviar essas almas para o Céu, a solução encontrada por Angela foi criar uma cidade espiritual no Térreo, com um ministério próprio de reencarnação. Não dispúnhamos de mão-de-obra para dispender no Térreo, já que a demanda no Céu era gigantesca; nem o plano físico contava com o auxílio de mentores ainda. A decisão de Angela, portanto, foi enviar um de nós para cuidar pessoalmente das Almas do Térreo. E coube a mim a tarefa.

Meus dias no Térreo foram terríveis. Minha tarefa de criar habitações era inútil, porque os espíritos rebeldes as destruíam em conflitos intermináveis. Minha luz os cegava, os espíritos se afastavam e me odiavam. Eu mal conseguia me aproximar para oferecer um pouco de água. Eles preferiam, como porcos, beber da lama do que se aproximar de qualquer coisa que brilhasse. Logo, aquele ambiente se transformou numa praça de guerra, suja e cinzenta.

O estado daqueles espíritos se aproximava mais de um pesadelo do que de uma vigília. Se um espírito era corrupto num sonho, não era bom sinal de evolução. E naquela catalepsia evolutiva caótica, eles eram totalmente despidos de afeto, amor, carinho, respeito. Eram bêbados sonâmbulos, com o subconsciente carregado de imundície, ódio e vingança contra tudo e todos.

Felizmente, os encarnados estavam crescendo e se multiplicando. Minha tarefa, no princípio foi facilitada pelo número de nascimentos no plano físico. Nem bem os espíritos chegavam no Térreo e eu já desovava de volta, fazendo a roda girar. Assim, os umbrais estavam sempre abertos e esse círculo se manteve por décadas. Outras categorias de espíritos também foram reencarnando, e logo não se distinguia mais para onde ia cada tipo. Todos iam para todos os lugares, mas para o Térreo, voltavam sempre os mesmos. Era dificílimo penetrar a bolha de energia densa criada por esses espíritos sofredores. Um emaranhado de pensamentos negativos e infelizes os mantinham aprisionados num sofrimento que parecia não ter fim.

Novas naves com novos espíritos da Terra continuavam a chegar no Céu, no entanto. Um lote com espíritos em missão foi enviado pelo Senhor já na segunda leva, o que foi muito comemorado por todos nós: eram mães, pais, cônjuges, filhos e filhas que haviam solicitado junto ao Senhor para auxiliar na jornada desses entes queridos caídos. Esses espíritos, contudo, estavam livres do círculo reencarnatório e sua missão era de orientar e acompanhar a evolução desses irmãos caídos. No entanto, uma grande parte deles se dispôs a encarnar. Angela precisou tomar uma decisão, e resolveu concentrar esses espíritos em um único continente, ao norte. Dessa forma, esses espíritos em missão reencarnaram filhos de infratores ambientais, que já tinham um certo domínio de armas e ferramentas básicas, adaptados ao frio das estações e um pouco mais articulados na linguagem. Na vigília, os missionários desenvolviam ferramentas, linguagem, escrita, domesticaram animais, abandonaram o estilo de vida nômade pela agricultura, cultivaram terras e sanaram a fome. Durante o sono, subiam ao Céu, conscientes em espíritos, para frequentar a Grande Escola e se orientar quanto ao curso da missão.

O ser humano é um ser comunicativo. Na Ilha, não era hábito da nossa família espiritual dar nome às coisas. Nossa ilha se chamava Ilha. Nossa vila, Vila. Nossos rios, árvores, nossas coisas. Nos comunicávamos de maneira mais rápida, objetiva e sutil, pelo pensamento, não pela associação com palavras. O ser materialista, com uma linguagem primitiva, no entanto, precisava dar nome aos objetos, animais, ferramentas, roupas, referências, tudo.

Nosso convívio com esses seres, portanto, também nos moldou, conforme Jesus havia sugerido. Logo estávamos chamando as coisas pelos nomes que os terráqueos davam a elas.

O desenvolvimento acelerado do continente Pacífico sugeria que era hora de mesclar espíritos menos evoluídos junto a esses irmãos maiores. Começava o tempo de provas. Era um privilégio para um espírito expiatório poder aprender com seus entes queridos de outras eras e se desenvolver no amor. E assim foi feito. Com Alice no comando do continente Pacífico, o Céu conseguiu enviar milhões de novas almas para reencarnar num ambiente mais ameno e virtuoso. Um círculo de bem aventurança se instaurou por muito tempo e alguns resgates importantes puderam ser concluídos.

Com mais esse sucesso assegurado, os espíritos missionários do continente Pacífico que voltavam para o Céu desencarnados receberam de Angela a missão de colonizar um outro continente, o qual chamaram Serena.

Serena foi posto aos cuidados de Mariliz. Ficava a sul de Pacífico, ou Pacífica, como alguns costumavam chamar, e não havia faixa de terra que os ligasse.

Os habitantes de Serena haviam atingido um grau de evolução espetacular para seres da Terra. Era comum manifestarem habilidades infinitamente superiores do que os outros seres nativos em expiação e provas, como volitar, comunicação por pensamento, ferramentas avançadas, culinária, meio de locomoção entre outras. A histórias que contavam sobre as maravilhas do céu, seu passado e o futuro grandioso que esperava a todos, legou a eles status de deuses para os menos evoluídos.

Toda uma gama de cultos a essas personalidades magníficas foi criada. Monumentos foram erigidos, gravuras e documentos produzidos, até que distorções acerca da verdade puderam ser observadas com temor em algumas regiões do continente.

Na outra extremidade do planeta, Hernan recebeu sua gleba: um continente que chamaram de Terramar.

Terramar foi colonizado por espíritos missionários, como estava em voga. Mas a grande maioria era de espíritos recém libertos da roda reencarnatória. Alguns poucos espíritos eram extraordinários, que haviam passado por Pacífica ou Serena, alguns em ambos.

E finalmente, Alexis pode pairar com tranquilidade num continente a Sudeste de Terramar, onde chamaram de Arbóreo. Uma vasta região próxima ao centro do globo, com temperaturas mais elevadas e estações menos definidas.

Havia apenas um continente isolado no centro do globo que ainda não havia sido tocado pelas novas estratégias de colonização por missionários de Angela. Era uma vasta extensão de terra que começava na linha central e se estendia até o extremo sul de Quíron. Um território amplo e complexo em forma de cone onde repousavam planaltos em ambientes tropicais, planícies geladas no meridiano, cadeias de montanhas na costa oeste, vales e pântanos alagados no centro oeste e no Leste, uma variedade de animais e plantas desproporcional em relação às outras regiões do planeta.

Esse território permaneceu pouco povoado e explorado. Foi destino de espíritos com débitos não violentos, como vícios, crimes ambientais, pequenas corrupções, fanatismo religioso e ideológico. Não reencarnavam ali grandes líderes corruptos de igrejas, corruptos da política, militares guerreiros, milicianos e genocidas. Estes estavam comigo no Térreo, em profunda danação, indo e voltando dos mais diversos pontos inóspitos do planeta, insensíveis ao amor fraternal e o respeito ao próximo.

O passar do tempo foi levando consigo os primeiros espíritos missionários e seus entes queridos regatados da queda para outras partes da galáxia, planetas natais, orbes mais elevados e felizes do que a Terra e Quíron. O degredo, contudo, continuava, e o planeta sentiu a ausência de seres encarnados mais elevados com suas auras de benevolência no plano espiritual e suas benfeitorias no plano físico.

Finalmente, o último lote de espíritos chegara até a Ilha, concluindo o degredo terrestre em nosso humilde sistema.

Nesse lote, finalmente, vieram espíritos em missão para tentar resgatar os caídos extremos, que giravam do chão ao Térreo comigo. Era hora de uma reencarnação em massa dessa turba de rebeldes nas áreas mais evoluídas do globo. Do Térreo, saíram espíritos para encarnar em Pacífica, Serena, Terramar e Arborea. Juntos com esses espíritos, reencarnaram seus entes queridos em missão, mas dessa vez a lógica se inverteu: os menos caídos eram pais dos missionários.

Nos quatro continentes principais mais populosos do globo, havia um despertar de pensamento filosófico no ar. A escrita, o conhecimento astronômico legado dos antigos e a tecnologia marítima começava a despontar concomitantemente ao desejo de desbravar outras regiões do mundo. A filosofia instigante perguntava o que havia além do mar? As formas de navegação precárias permitiam pequenas conquistas pontuais entre ilhas e pequenas cidadelas. A mistura dos povos foi acontecendo de maneira natural e pacífica entre seres com formação comum.

Quando o Térreo se esvaziou e seus espíritos se espalharam pelos continentes, contudo, o homem deu vazão aos seus instintos mais primitivos: aperfeiçoaram as frotas navegantes, formaram exércitos de guerreiros e saíram mundo afora para desbravar o que havia além mar.

O início do primeiro confronto intercontinental aconteceu quando um dos espíritos guerreiros mais rebeldes comandou uma invasão de Pacífica à Serena. Era uma sangrenta invasão que tinha como pano de fundo a glória, mas que por trás escondia um desejo inconsciente pela morte e a cobiça.

Pacífica aniquilou as forças de Serena, que precisou se aperfeiçoar na arte da guerra. O contra golpe se deu com outras embarcações, armas mais sofisticadas, a construção de fortalezas litorâneas, a manutenção constante de um exército sempre disposto a aniquilar qualquer invasão.

Os guerreiros de Serena não deixaram por menos. Deram a volta ao mundo, até chegarem aos territórios setentrionais de Terramar. Novas batalhas sangrentas foram travadas, novos conflitos armados foram deflagrados, novas demandas por armas e navios foram surgindo, até que todo o Norte estivesse em guerras que se estenderam por séculos. E o pior: espíritos missionários caíam feito frutas do pé, por omissão ou pelas ordens de matança as quais estavam sujeitas daqueles a quem vieram resgatar.

O Térreo dobrou de tamanho em um século, e quadruplicou em dois. Num dado momento em Quíron, havia mais habitantes no Térreo do que no Céu. A jornada de evolução daqueles espíritos a quem o Senhor havia nos confiado entrara numa espiral caótica de queda pela violência e a cobiça.

Em meio a esse caos todo, Angela convocou uma reunião na Ilha, solicitando a presença de todos nós coordenadores.

__Por que estamos tendo tantas dificuldades com esses espíritos desordeiros? - perguntou Angela no terraço estrelado onde tantas vezes nos reunimos para celebrar a vida, observar as ondas do mar, meditar, criar, assistir a alguns filmes ou arquivos interessantes e edificantes.

Mariliz foi a primeira a falar.

__Eu acho que o problema está nos corpos. Eles são cegos espiritualmente, surdos para os mentores ou guias que os acompanham. É difícil admirar a beleza quando não se enxerga.

Alice concordou, mas tive que interferir.

__Não é apenas nos corpos que eles são cegos. Desencarnados eles também não enxergam direito. Nossa luz os cega, eles se afastam. Eles me odeiam no Térreo, acham que sou um demônio que está lá para os castigar.

Angela ouvia tudo atentamente. Hernan pediu a palavra.

__Talvez devêssemos concentrar nossos esforços no Térreo. Eu acho que Lucian está sobrecarregado há muito tempo. É tarefa penosa demais apenas para um coordenador - advertiu.

Eu não quis dizer isso anteriormente, mas no fundo pensava da mesma forma.

__E se pedirmos ao Cristo um novo lote de espíritos iluminados para ir introduzindo aos poucos nas famílias que ocupam posições de liderança nos continentes? - sugeriu Alexis.

__Eu acho uma boa ideia - respondeu Hernan.

Angela relutou. Refletiu um pouco e ponderou:

__Espíritos estão caindo, mesmo os que chegaram em missão. Quantos mais precisarão cair? O que acontecerá se lotarmos o Térreo de espíritos de alta potência?

__Será um inferno - respondi.

Houve uma breve pausa.

__O que faremos, então? - questionou Alice. - Logo eles descobriram fórmulas de potencializar o fogo. Logo descobrirão nos elementos primordiais o potencial destruidor da matéria. Logo começarão a sangrar do chão o combustível para uma nova revolução de ferramentas e máquinas.

__E logo estarão travando suas guerras no espaço - concluiu Hernan.

Angela levantou-se e fez uma breve caminhada até a varanda que dava vista para o mar suspenso no espaço. Quando se virou, algumas gotas de lágrimas começaram a verter dos seus olhos. Angela fechou os olhos, e as lágrimas caíram com ainda mais força. Levantei e a abracei. Os outros fizeram o mesmo, num abraço coletivo. Quando finalizamos, Angela determinou:

__Tragam todos de volta.

Angela encarregou Hernan, Alexis e a mim de fazer o serviço. Na manhã seguinte fomos caminhar pela praia para combinar os detalhes de como deveria ser feito. Se trouxéssemos todos de volta, Angela teria que voltar e preparar novamente os corpos para receber as almas. Mandei uma mensagem dali mesmo pra ela, que nos autorizou a poupar apenas agrupamentos de famílias de missionários, em posições de liderança

espalhadas pelo globo.

Durante a caminhada, concluímos ainda que eram necessárias algumas revelações sob a nossa existência, através do plano físico, dada a condição de cegueira e esquecimento inerente aos encarnados. Angela também autorizou, desde que tomássemos cuidado para que nossas aparições não resultassem em cultos de fanatismo. Deveria ser uma aliança entre o Céu e o plano físico.

Faltava discutir como o trabalho seria executado. Mas tinha de ser rápido e indolor, com a natureza poupada.

Semanas depois, emprestamos uma das naves utilizadas na cidade para excursões e iniciamos os sobrevoos sobre o planeta. Com a autorização de Angela, tornamos a nave - e a nós mesmos - visíveis no plano físico.

Nossa primeira visita foi a uma família de um casal de missionários chamados Fatima e Natan. O casal tinha seis filhos, dos quais cinco eram missionários, e apenas um estava em expiação. Eu o conhecia: era o Jaime.

Jaime havia sido um político corrupto e um genocida na Terra. De formação militar, alcançou o poder através de práticas ilegais e brechas no sistema político, corrompendo todo o sistema democrático e levando centenas de concidadãos à morte, por descaso, prepotência, arrogância, mentiras e truculência. Fanático, violento e ligeiramente estúpido, Jaime era o rebelde da casa. Preguiçoso, mentiroso e covarde, vivia praticando pequenos delitos na vizinhança. Impedido de ir à guerra por seu pai por ter apenas quatorze anos, Jaime canalizava sua violência na caça. Quando completou idade se inscrever para o curso de guerra, Jaime sofreu um acidente terrível caindo do cavalo, enquanto caçava, ficando tetraplégico.

E foi ele mesmo quem nos avistou pela janela do casebre, onde passava os dias sentado olhando para o horizonte.

Fizemos um pouso vertical no quintal do casebre, numa vasta extensão de terra que acabava numa cerca ao longe, onde se podia avistar um outro casebre. Jaime arregalou os olhos diante de nossa presença.

__Quem são vocês? - perguntou atordoado.

__Vá chamar seu pai e sua mãe, Jaime. Diga que vocês têm visita.

__E como vocês querem que eu faça isso, voando? - indagou o rebelde prostrado na cadeira imóvel.

Alexis se aproximou do jovem e o tocou nas costas, no ponto da vértebra que havia sido danificado. Jaime sentiu uma onda de energia percorrer seu corpo. Alexis voltou-se para junto de nós, no quintal.

__Anda - disse finalmente.

Jaime levantou espantado, sem entender nada. Mas saiu correndo dali como um animal selvagem corre de um predador. Alguns minutos depois, seus pais, que trabalhavam na terra não muito longe dali, voltaram confusos. Dois filhos os acompanhavam. Felipe, que tinha pouco mais de vinte anos e Mirian, a mais velha, que ostentava os seus trinta e carregava uma criança no colo.

Nossa visão os deixou confusos. Num instinto de respeito, Fatima ajoelhou-se, seguida por Natan, que fulminou os filhos com um olhar obrigando-os a fazer o mesmo. Jaime foi o último a se prostrar.

__Levantem-se - disse eu quebrando o silêncio.

__Quem são vocês? - perguntou o velho Natan. - O que estão fazendo aqui?

__Como me curaram? - perguntou Jaime curioso.

__Nós somos...

Era difícil dizer quem éramos e o que queríamos. Na carne, eles não se lembravam de nada de suas vidas passadas, suas centenas de anos vividas nos diversos Céus espalhados pelo cosmos. Eram agricultores humildes, gente simples num planeta primitivo sem nenhuma noção de espiritualidade.

__Nós somos habitantes das estrelas - disse com firmeza. - Estamos aqui em uma missão dada por nosso Senhor, aquele que deu forma a este planeta e que possibilitou a vida de todos vocês aqui.

__E que missão é essa? - perguntou Fatima.

__Sobreviver - disse Hernan.

Os camponeses ficaram espantados e confusos com a resposta de Hernan. Alexis se adiantou para explicar.

__A Planeta irá passar por uma grande inundação. Apenas os que forem escolhidos sobreviverão. Em alguns dias, um grande eclipse ocorrerá. O dia vai virar noite. Quando isso ocorrer, traga todos aqueles que puder para o seu quintal. E nós os levaremos a um local seguro - concluiu.

__E nossos bichos? - questionou a mulher com a criança no colo.

__Serão resgatados num veículo maior, separado dos homens e mulheres - respondi. - Nenhuma espécie será esquecida, mas nem toda criatura será salva - adverti.

A ordem de Angela era resgatar apenas algumas famílias de missionários. Portanto, visitamos apenas as comunidades onde havia a maioria de missionários, com o menor número possível de espíritos em expiação. Nossa estratégia era resgatar apenas aqueles que pudessem garantir uma educação adequada para seus descendentes, no intuito de assegurar que nossa aliança fosse duradoura.

__Vão e espalhem a notícia pela vizinhança - ordenei.

Subimos na nave e repetimos o processo ao longo de todo o planeta, enquanto discutíamos se incluir espíritos em expiação seria ou não uma boa ideia. Enviamos uma mensagem a Angela, que autorizou um número mínimo, já que num momento como esse, seria mais danoso separar filhos em expiação de mães amorosas, além de transmitir um péssimo exemplo, falta de misericórdia e uma maneira ruim de se iniciar uma aliança.

Algumas semanas depois, o dia do eclipse chegou. Enviamos centenas de naves para a superfície, cada uma tripulada por um mentor. Um número bem menor do que imaginávamos de pessoas foram resgatadas. As naves saíam da superfície do plano físico de Quíron e chegavam à Ilha. Com auxílio dos mentores, os corpos espirituais desses cidadãos resgatados eram retirados do corpo físico, para que eles pudessem conhecer a Vila e receber uma palestra de Angela, consolidando a aliança. Tudo que eles vivenciassem aqui seria para sempre lembrado por eles. Sua tarefa, a partir dali, seria levar a palavra de Angela para as futuras gerações que reencarnariam no planeta.

Angela convocou a todos para o centro da maior praça da Vila, onde estavam fincados os prédios da Grande Escola e o Ministério da Reencarnação. Com um movimento de mãos, fez surgir um pequeno globo azul e dourado que girava. O mapa onde repousava a área central do globo em forme de cone parou na minha frente. Estendi a palma da mão e com firmeza nos dedos, puxei-os pra cima, apertando de volta na sequência, fazendo-o afundar alguns centímetros, deixando apenas parte do continente visível na superfície. Pequenas ondas de água se dispensaram para ambos os lados do globo, cobrindo toda porção de terra visível ao redor. Quando as ondas se chocaram nas extremidades, o movimento se inverteu e as ondas voltaram com força para as minhas mãos. O movimento se repetiu algumas vezes, até que os mares se acalmaram novamente pude retirar as mãos. Uma nuvem de pontinhos brilhantes iniciava sua volta para o céu.

Era relativamente fácil preparar espíritos no Céu. A Grande Escola continha arquivos de vidas passadas, obra de grandes Cristos, História dos Mundos, Artes, Medicina Espiritual e Física, Engenharias e uma gama de outros cursos inspiradores disponíveis a qualquer um que tivesse vontade de aprender e evoluir. O problema residia na índole do espírito, quando ele encarnava desmemoriado. No corpo, o espírito se via dentro de uma prisão, com as leis próprias da prisão, e na maioria dos casos ele tendia a adotar o comportamento de rebanho.

Antes de levar de volta os resgatados para a superfície, tivemos que assegurar a colheita, já que as águas do mar levaram uma grande quantidade de sal para os continentes. Preenchemos o solo terrestre de sementes e plantas, garantindo que houvesse fartura em todas as áreas possíveis para as futuras gerações, fossem elas nômades ou não. Foram dois anos de recuperação do solo no plano físico, tempo ainda mais elevado no Céu, ainda que a sensação do passar do tempo no alto fosse de apenas alguns meses.

O período que os humanos passaram na Ilha foi revigorante, ainda que seus corpos estivessem protegidos em naves de metal. Ao corpo físico dos seres encarnados, a exposição contínua na nossa atmosfera de energia legou uma longevidade completamente além da média do ser humano comum. Esses seres viveram três, quatro, até dez vezes mais do que o esperado, com uma energia vital desafiadora à compreensão de encarnado comum.

Um desses encarnados longevos foi Jaime.

Jamie viveu oitocentos anos. Teve centenas de filhos, com dezenas de esposas diferentes. Após sua descida do Céu, viajou por cada canto do planeta. Conheceu o frio, o calor, o deserto, continentes, tendo relações afetivas por onde passou. Jaime foi um dos principais entusiastas da pregação da palavra de Angela e de tudo o que viveu naqueles anos de inundação.

Mas Jaime distorceu alguns fatos.

Na versão da história de Jaime, havia seres celestes bons e outros ruins. Os bons comandavam o amor, a fartura, a cura. Os maus destruíam a terra com as próprias mãos, causavam inundação e mantinham encarcerados almas penadas no interior da Terra.

A distorção de Jaime foi passando de pai pra filho, de geração em geração, espalhando-se como notícia ruim, até que um culto a Jaime foi estabelecido no Globo, e uma perigosa dicotomia entre os seres do Céu e do Térreo encheu de medo e superstição os corações humanos.

Lucian havia se transformado no demônio destruidor de planetas, o engolidor de almas, o príncipe do caos e das trevas, aquele que causou a inundação e ceifou milhões de almas do planeta com a palma de sua mão.

Não demorou muito até que encarnados religiosos fanáticos de outras eras, líderes corruptos de Igrejas na Terra propagassem um culto aos deuses do céu, com a proliferação de templos em forma de naves. Havia o deus da cura, o deus da agricultura, as belas deusas do amor e claro, o demônio vermelho terrível e feio que engolia criancinhas no café da manhã.

Soma-se a isso o Térreo lotado, seu tamanho aumentado centenas de vezes, uma atmosfera densa e cinza que invadia cada vez mais o interior do planeta, a ponto dessas almas se fundirem com a superfície, aumentando o sofrimento desses espíritos trevosos.

Não demorou muito para percebermos que a emenda saíra pior do que o soneto. Angela ficara preocupada. Havia ainda a emergência de uma série de reencarnações em massa, tanto para desafogar o Térreo quanto o Céu.

A primeira medida tomada por Angela foi criar um novo plano espiritual, logo abaixo da Ilha. Esse plano visava acomodar espíritos dentro do círculo reencarnatório, que subiam e desciam vida após a outra até atingirem o ponto de missão ou poderem se elevar para outros orbes. A Ilha foi deixada apenas para os missionários, mentores e espíritos mais evoluídos promovidos da Ilha inferior, denominada Cidade Estelar, que havia sido posta sob responsabilidade de Noah, espírito responsável pela Grande Escola da Vila, que passara a ser comandada por Yuri, um Mentor colaborador de grande valor.

A segunda medida foi conter o fluxo de almas para o Térreo. Angela solicitou que eu criasse um umbral entre o Térreo e o chão. Na prática, a medida impedia que espíritos apegados ao chão fossem diretos para o Térreo. Espíritos corruptos, viciados, fanáticos, entre outros grupos não violentos, ao desencarnar, passariam por um período vagando na própria superfície terrestre, e passariam para a responsabilidade dos guias e mentores dos humanos, no intuito de despertar, diante do convívio humano com um olhar de fora orientado, empatia e misericórdia.

A Terceira e mais polêmica medida de Angela foi brutal. Angela queria traçar diretrizes claras e eficientes que dessem um rumo para a evolução das almas. Dessa forma, determinou a reencarnação dos seus principais colaboradores: Alexis, Alice, Mariliz e Hernan.

Basicamente, a reencarnação desses grandes avatares em Quíron, na sua visão, traria benefícios imediatos, ajudando a liberar espaço no Térreo - e a desinflá-lo - , adiantaria a evolução e os fim dos ciclos cármicos de espíritos em fase de adiantamento, espalharia uma nova visão de humanidade aos encarnados, deixando um legado de paz, amor, caridade, respeito ao próximo, união, alegria, gratidão e misericórdia, e que se grassaria por muitos séculos.

A mim, cabia torcer e esperar que meus companheiros cumprissem com suas missões com sucesso, já que a tarefa de cuidar das almas mais rebeldes e densas havia se tornado um trabalho excruciante.

Nesse interim, Angela fora convocada pelo Cristo para um congresso na Terra, que há muito tornara-se planeta regenerado. Coube a mim a tarefa dupla de coordenar também as esferas superiores durante sua ausência.

O primeiro continente a ser visitado pelos avatares foi o Pacífico. Os quatro encarnaram de uma vez, levando aqueles povos palavras de amor e sabedoria. Ficou combinado que eles exerceriam postos de liderança chaves nas Igrejas, nos Governos, nas Artes e na Ciência.

Foram quinhentos anos reencarnando em personalidades diferentes no Pacífico, até se mudaram para Serena e passarem mais quinhentos anos. Arborea e Terramar também foram contempladas por um período menor, já que o trabalho desses grandes mestres da humanidade havia cruzado as fronteiras marítimas intercontinentais.

Seu trabalho produziu obras importantíssimas que se tornaram pilares das civilizações no campo filosófico, científico, jurídico, religioso e artístico.

O desenvolvimento da Ciência em Quíron, como esperado, pôs em xeque o fanatismo religioso e o apego às crenças do passado. Novas tecnologias foram descobertas, o advento das navegações propiciava um comércio e uma mistura de povos e de culturas cada vez mais efervescente. Diante dessa nova configuração no globo, duas forças políticas emergiram: uma burguesia que precisava de novas fontes de financiamento, novos produtos e novos mercados, contra uns velhos barões de propriedades que queriam manter o status quo, se agarrando, para isso, a costumes do passado.

Uma aliança conservadora entre líderes religiosos e latifundiários surgiu em Pacífica, comprometendo o desenvolvimento da Ciência, do comércio, da tecnologia e da troca de culturas entre os povos.

Para complicar ainda mais nossos esforços, uma doença viral se espalhou com força por toda Quíron, confundindo ainda mais a cabeça dos encarnados, sendo usada pelos líderes religiosos como um castigo divino que veio ao globo para ceifar almas desobedientes apegadas aos demônios que insistiam em querer investigar a mente dos Deuses.

O Culto aos mentores do passado como 'deuses' também era algo que intrigava Angela. O conceito de deidade atribuída a seres em evolução atrapalhava a própria evolução dos povos, que ao invés de se instruírem, se aperfeiçoarem e se autoconhecerem - como os mentores ensinaram em seu período encarnados -, preferiam atribuir a responsabilidade de seus destinos a deuses imaginários, assim como sua tragédia pessoal e sua sorte.

Angela, que havia retornado de várias viagens pelo cosmos na companhia de Cristo para receber os avatares no Céu, convocou-me para uma reunião.

Não havia mais ninguém em casa. Vê-la cozinhando, como há muito não via, encheu meu coração de alegria.

Nossa casa passara muito tempo vazia, e eu sentia falta dos momentos em que estávamos juntos. Uma ponta de tristeza invadiu meu coração quando Angela finalmente serviu os pratos e me olhou nos olhos. Eu já não era capaz mais de ler sua mente, que por algum motivo ela havia bloqueado. Não era desconfiança, mas seu olhar compassivo escondia um sentimento mais profundo que eu não era capaz de compreender, mas que beirava a culpa. Ali não era a minha companheira de eras quem delicadamente servia uma salada de frutas com uma sopa quente: era alguém maior, mais evoluído e com uma mente capaz de compreender coisas que a mim escapavam.

Angela segurou minha mão, como a esposa rica que se compadece do marido fracassado que já não consegue mais acompanhar suas demandas.

__O Térreo está exaurindo demais suas forças? - perguntou docemente, já sabendo a resposta.

Lidar com seres da Terra não era uma tarefa agradável, eu precisava confessar. Todos os dias eu me perguntava se não era tarefa desproporcional demais para nossos talentos. Éramos artistas, românticos, amantes da natureza e da beleza. Nenhuma das nossas encarnações em planetas distintos eram tão duras e sofridas como a dos terráqueos. Em contrapartida, não éramos tão teimosos, violentos, fanáticos e cegos.

__Não - respondi desconfortável. - Sim - respondi me desarmando.

Angela apertou minhas mãos.

__Tem de ser você - ponderou.

__Eu sei - assenti.

Comemos em silêncio.

Angela contou-me da viagem que fizera na comitiva de Cristo. Falou de planetas distantes e formas de vida diferentes. Dos sóis que conheceu, de outros Cristos com quem conversou, da experiência de estar diante de seres infinitamente mais evoluídos, da bondade, do conhecimento infinito e do amor que nos esperava.

Eu não conseguia pensar em outra coisa. Angela percebeu e me pegou pensando no tamanho da cruz que nos fora dado pelo Cristo, se um Cristo não podia se equivocar.

__A resposta está no próprio Cristo - disse soltando minha mão e entrando num estado de introspecção.

Terminamos a refeição e fomos caminhar na praia, sem nos preocuparmos com o mundo lá embaixo. Falamos de amenidades, de vidas passadas, de histórias de seres extraordinários, de mundos felizes e de criações. Fomos para no Grande Hotel, habitado por espíritos visitantes.

O Grande Hotel era uma obra primorosa de integrada ao ambiente. Estava fincada na base de uma gigantesca rocha, e quem via de longe o confundia com uma escultura na pedra. Suas habitações se estendiam de uma gigantesca base no solo, onde um gigantesco salão iluminado com cristais dava a boa vinda para quem chegasse. No interior do salão, uma enorme cachoeira vertia desde o teto até o interior do solo. Seus quartos eram espaçosos, aconchegantes, decorados com plantas e flores, pedras brilhantes e aves coloridas que faziam revoada pelas manhãs. Além da vista fascinante do Castelo, no alto do monte distante alguns quilômetros, o mar e a Vila, que repousava reluzente no vale ao final de minúsculas estradas coloridas. Além da Vila, via-se mais cachoeiras vertendo das montanhas congeladas. Era o fim da nossa pequena e amada Ilha.

Passamos pelo hotel e seguimos adiante por um dos caminhos que levavam à Vila. Uma vasta multicultura de grãos era cuidada por alguns espíritos recém chegados da Cidade Estelar. Angela me avisou que se tratava de algum estudo de controle de doenças que seria implementado na superfície num futuro próximo. Mais à frente, chegamos na bifurcação que nos levava de volta para a casa, para a praia ou para o caminho do Castelo, convertido em Hospital. Seguimos em frente, rumo a Ilha.

A visão do caminho que me lembrou o Castelo, contudo, fez-me recordar as palavras de Jesus sobre empatia, a melhor forma de ajudar os espíritos a evoluir e como era difícil pensar como um ser tão diferente de como éramos.

Angela leu meu pensamento e concordou.

__O rio corre para o mar - disse Angela. - Assim como cedo ou tarde é o destino de todas as almas alcançar a fonte eterna de vida, que não precisa mais verter pra lugar algum, porque está ao redor de tudo.

Eu conhecia aquele entusiasmo. Era o mesmo que ela usava comigo quando éramos encarnados, e precisava me desnudar algum problema que estava na minha vista, como a palavra na ponta da língua que está tão próxima que somos incapazes de lembrar.

Angela continuou.

__Há vezes, porém, que algum obstáculo intransponível represa alguma porção desse rio, formando poças esquecidas ao longo do caminho. E é aí que uma luz maior entra em ação: a água represada desses pequenos pedaços de rios é trazida de volta para o céu decantadas em forma de nuvens, para que possam novamente cair no ponto em que se perderam e continuar sua jornada - finalizou com um sorriso iluminado.

Chegamos à ponte sobre o rio de peixes coloridos. A cidade fervilhava. Tinha cheiros, cacofonia de conversas e música logo adiante, canto de aves e flores. Crianças felizes volitavam em brincadeiras de alcançar um aos outros. Angela era cumprimentada e celebrada por onde passava. Um casal de cidadãos nos ofereceu flores, uma senhora de gostava de se apresentar com fisionomia idosa nos fez experimentar bolinhos da janela de sua casa.

__Fiz com um tipo de semente que os pássaros comem - celebrou. - É pra dar liga - cochichou no ouvido de Angela, que saboreava com deleite o delicioso quitute.

Sentamos na praça principal, em frente aos principais prédios da Vila: A grande Escola e o Ministério da Reencarnação, enquanto a orquestra principal da cidade executava algumas peças inéditas.

Fechei os olhos por alguns instantes, enquanto a música se desenrolava. Ao final de cada música, a plateia aplaudia com entusiasmo enquanto o maestro preparava os músicos para uma nova jornada entre as escalas.

__É uma sensação maravilhosa receber aplausos por algo que se faz com maestria - declarou Angela. - Os encarnados passam por isso tão poucas vezes ao longo da vida, que passam grande parte de sua jornada na carne em busca de um estado permanente desse sentimento. E nessa busca desenfreada, cometem os maiores absurdos - apontou.

Ao final do concerto, entramos no prédio da Grande Escola. Angela me conduzia de sala em sala para conhecer os novos estudantes, sempre interessada no que se estava sendo ensinado. Num dos experimentos, cientistas e estudantes observavam partículas elementares de Quíron.

__São semelhantes às da Terra - dizia o professor entusiasmado. - Quanto mais elementares, mais difícil observa-los, porque elas não se comportam bem na presença de determinadas frequências de luz. Elas mudam de forma quando observadas, assim como muitos espíritos envergonhados ou orgulhosos sob determinado tipo de olhar - proferiu o senhor de cabelos brancos - Para saber como se comportam de verdade, é preciso pensar como eles, agir como eles, comportar-se como eles; sê-los.

Ouvimos gritos. No andar de cima, o anfiteatro estava transmitindo um dos arquivos, dos vastos que eram permitidos acessar na Escola. Angela e eu entramos sem sermos percebidos, e ficamos no fundo da sala em pé para não incomodar. Uma pequena plateia de estudantes acompanhava o desenrolar de uma história, sob o olhar atento de uma professora.

O filme contava a história de um guerreiro, que liderou seus homens numa batalha sangrenta para defender suas terras de invasores, algo comum na história de muitos grandes homens que viveram épocas primitivas de descoberta, colonização e guerras.

O grande líder, através de muitos sacrifícios, conseguiu expulsar os invasores e foi aclamado o novo rei daquele território, dando início a uma dinastia que perdurou por milhares de anos.

No entanto, era um filme repetido, pelo menos para nós: era uma das encarnações de Angela que se desenrolava na tela como objeto de estudo e entretenimento para os estudantes curiosos.

No andar de cima, uma peça de teatro se desenrolava. Os atores usavam roupas coloridas, e parecia que os eventos se desenrolavam em ambiente medieval.

__Não tem público - observei.

__É apenas um ensaio, venha - Angela me puxou pelas mãos.

Era apenas um ato, mas Angela fez questão de acompanhar, me puxando pelas mãos e me fazendo sentar ao seu lado, na última fileira do imenso Teatro que cobria três andares do prédio.

"Minerva acordou assustada, acreditando que tinha ouvido um barulho. Tateou o criado mudo ao lado de sua cama e passou a mão no castiçal, levando-o até a tocha pendurada na parede do seu quarto. Olhou pelas janelas e viu um movimento de luzes ao longe. "Parece que vem do templo" - pensou em voz alta enquanto seus olhos se acostumavam com a luz da vela naquele despertar incomum no meio da noite. Ao mover os olhos na direção dos portões do palácio, viu o movimento de um cavalo correndo em direção a entrada principal.

__Brigit - cutucou sua companheira que dormia feito uma rocha. - Acorde. Tem alguma coisa acontecendo.

Não demorou muito até que alguém viesse bater à porta.

__Minerva!

__O que foi? - respondeu Minerva já se arrumando.

__Abra a porta - bradou a voz.

Minerva se apressou para atender a emergência, enquanto tentava a todo custo acordar Brigit, que parecia estar desmaiada. Havia garrafas, roupas íntimas e taças espalhadas por todo o carpete. A visão que se tinha do quarto era de final de festa, com toda bagunça resultante de uma noite luxuriosa.

Minerva deu um último puxão de cabelos em Brigit e correu para a porta.

__O que houve? - perguntou ofegante e sonolenta.

__O Templo. Foi saqueado - disse a voz grave do outro lado da porta.

O rosto branco, as bochechas rosadas e os cabelos ruivos encaracolados de Brigit coraram quando avistaram a figura do homem que estava a sua frente, vendo-a nua na cama.

__Majestade - proferiu com um aceno de cabeça.

_Fora. - respondeu o rei indiferente. - E você deveria estar dormindo com um homem, para me dar um herdeiro, e não com essa pirralha. Nosso reino está ameaçado enquanto você passa as noites na cama com uma vadia.

_Deixe Brigit fora disso. Eu não durmo com homens, não suporto o cheiro de homens, sinto nojo, repulsa daqueles pelos, aquele cheiro, aquele bafo podre. Eu não vou dormir com um homem, eu poderia abrir as pernas pra você, porque você lembra mais uma mulher do que qualquer homem desse reino, mas você parece estar ocupado demais dormindo com garotos.

_Ora, cale-se. Vamos discutir isso depois - disse o rei conformado. - Precisamos ir à merda do templo saqueado. Já enviei um cavaleiro para todas as vilas do reino.

_Quem saquearia aquelas ruínas de mau gosto a essa hora da manhã? - resmungou Minerva. - Aliás, o que tem naquele templo para ser saqueado, bancos, desenhos antigos, velas?

_Algum idiota, naturalmente. Ou um louco, um fanático religioso. Malditos sejam os senhores da

Lei que impede muros ao redor dos templos antigos. Ao menos estariam protegidos dos boçais que pensam que podem alcançar um mundo melhor seguindo leis ultrapassadas, acreditando em deuses coloridos, pintados em paredes velhas, ruínas de um tempo em que o mundo era melhor. O mundo é sempre melhor no passado e sempre será no futuro para esses quadrúpedes. O presente é sempre a insignificância que devemos aplacar - bradou o rei baixo, magro, branco feito uma vela e afetado, enquanto chutava taças, movia roupas íntimas com os pés e meneava pelo quarto sujo. - Apresse-se. Espero vossa insignificância lá embaixo. Precisamos dar uma satisfação ao nosso povo amado - concluiu com deboche.

__Que cheiro é esse? - Perguntou o rei ao adentrar o monumento grandioso, de interior abobadado, com a forma de um caranguejo imponente de vinte metros por fora. Havia alguns curiosos espalhados, e uma pequena roda de soldados, mais um homem de roupa preta, escura, que destoava dos demais.

__Majestade - disse o homem fazendo uma reverência simples de cabeça, acompanhado pelos guardas que abandonaram o local, deixando exposto um enorme buraco no piso de mármore gasto.

__Ministro - devolveu o cumprimento o rei. - O que foi isso?

__Bem, majestade. Pelo que se sabe, ouviu-se um enorme trovão sair daqui de dentro. Em seguida...

__Quem foi o primeiro a chegar aqui? - interrompeu a rainha.

O sacerdote fez um sinal de cabeça e logo um jovem bem agasalhado do frio com um enorme cobertor nas costas se aproximou.

__Qual é o seu nome, meu jovem? - perguntou-lhe o rei.

__Eduard, Sua Graça - respondeu o jovem com um aceno de cabeça.

__Eduard, como o meu falecido pai - observou o rei.

__*O que você viu quando chegou aqui, Eduard? - perguntou Minerva.*__

__*Havia fumaça saindo do templo, majestade. Havia uma carruagem puxada por quatro cavalos saindo daqui com muita velocidade - contou o rapaz.*__

__*E eles foram para onde? - perguntou o rei.*__

__*Norte, majestade - respondeu o rapaz.*__

__*É o comandante - gritou um dos guardas.*__

Um cavaleiro se aproximou à galope.

__*Perdemos o rastro, majestade. Abandonaram a carroça na trilha, vazia, em chamas. Havia rastro de carruagens para o Norte, na estrada de Capri, para leste, em direção às montanhas dos carneiros, e oeste, para o reino de Escor. Eles se desmembraram para todas as direções - concluiu o comandante.*__

__*Por que não seguiu um dos rastros? - Perguntou o sacerdote.*__

_Alguém capaz de fazer aquilo no chão de um templo milenar, o que não seria capaz de fazer com um homem de carne e osso sozinho, Ministro? - ironizou a Rainha Minerva ao apontar o buraco deixado no templo. - Tragam uma escada. Depressa - disse a rainha.

Dentro do buraco havia uma porção de livros espalhados, uns queimados e danificados pela explosão, outros ainda intactos. O cheiro forte e a fumaça ainda estavam concentrados, mas era possível enxergar com exatidão o tamanho da gigantesca biblioteca que se mostrava a frente dos olhos curiosos. Eram prateleiras e mais prateleiras de conhecimento puro, numa sala totalmente fechada. Livros metálicos, ou de couro de carneiro, papiros com anotações, desenhos anatômicos, ou de aparelhos variados, diferentes dos encontrados nas redondezas.

_Alguém doente nos saqueou - disse Minerva em tom misterioso.

_Evidentemente. Só mesmo um doente para fazer uma coisa dessas no meio da noite - comentou o rei em tom sarcástico.

Não, não. Eu me refiro a algum doente de verdade, enfermo... ou morrendo - apressou-se em se fazer entender Minerva.

Isso é extraordinário - espantou-se o Rei com o conteúdo das páginas que folheava. - Isso aqui é...

Sagrado. Foi escrito pelos deuses - definiu o Ministro.”

Minerva e Brigit. O trecho da peça retratava nossa primeira encarnação juntos. Angela e Eu desafiávamos costumes num reino corrupto comandado por um monarca cruel e covarde, que travou uma batalha sanguinária por causa de um saque de livros de cura escondidos num tempo sagrado do reino. A partir dali nossas vidas não pararam de se cruzar. Ao longo das eras, fomos ficando cada vez mais apaixonados.

Angela me pegou pelas mãos e se levantou, aproveitando uma pausa que os atores fizeram para ajustar algumas posições no palco. Com um gesto delicado, Angela me conduziu até um dos elevadores transparentes com vista para todo o interior do prédio, e como uma namoradinha de colegial, conduziu-me o terraço, onde jazia seu jardim particular, que por muito tempo alimentou enquanto dava expediente no andar de baixo, onde ficava sua antiga sala de Diretora da Escola.

Angela parou de correr no centro do jardim. A visão extraordinária de toda a Ilha era de tirar o fôlego. Aquele terraço era sem dúvida o lugar mais bonito da galáxia. As flores coloridas, cujas tonalidades entoavam um som encantado, um perfume inebriante, capaz de nos transportar para mundos distantes, como quando mergulhamos num sonho bom e não queremos mais acordar.

De repente tudo começou a fazer sentido na minha cabeça. Angela me olhou nos olhos e repassou todo nosso passeio com um único flash em minha mente. Naquele momento, tive uma epifania.

As palavras de Jesus ecoaram em minha mente como um despertar de consciência. "Empatia", era a resposta. Na aula, o professor dizia que era impossível entender o funcionamento daquelas partículas específicas apenas pela observação: era preciso SER a partícula. O filme de uma de suas reencarnações, a peça que falava de nós encarnados e vivendo um conflito. A água represada que não conseguia chegar ao mar e que sem auxílio do Alto jamais conseguiria.

__Por que você não me pediu de uma vez? - perguntei.

Angela respirou.

__Eu precisava que você descobrisse por si só - respondeu com ternura. - Quando as conclusões partem de dentro de nossos corações, fica mais fácil encontrar o caminho de volta caso nos percamos na trajetória - enfatizou.

Sua mente estava aberta novamente para minha leitura, ainda que houvesse uma porta que eu não conseguia acessar. Um turbilhão de pensamentos e emoções subiram através da minha coluna até meu coração, me enchendo de sentimentos dúbios. Um misto de espírito de aventura e medo tomou conta do meu coração. Calafrio não era comum a espíritos como nós.

No edifício ao lado, o ministério da reencarnação refletia minha imagem através de suas paredes de cristal.

__O que não serve pra já, não serve pra nunca. O que não serve para agora, não serve para a eternidade. Por acaso alguém espera entrar no céu armado? Não. Abandona tua arma agora! Alguém espera que no paraíso dos seres iluminados, haverá matança de animais para comer? É claro que não, meus irmãos e irmãs. Então abandona o consumo de carne agora! O paraíso que todos nós esperamos alcançar um dia depende de nós. O paraíso está esperando para ser construído por nós aqui, agora. O que é necessário para que nós transformemos o mundo no paraíso que nós desejamos? É paz? É amor? É respeito? Então façamos todas essas coisas agora! Vamos dar amor ao invés de ódio. Vamos dar afeto ao invés de afronta. Vamos respeitar para que possamos ser respeitados, para que quando nós levantarmos a nossa voz, tenhamos a base moral pra poder sermos ouvidos e sermos assim respeitados.

O povo ouvia atentamente enquanto o velho sacerdote do antigo Templo de Eva fazia sua pregação. Meu pai costumava levar minha irmã e eu toda semana, para que nos educássemos na fé. Eu detestava. Minha irmã também. Preferíamos correr livres com os animais na fazenda, andar a cavalo, nadar no rio, colher frutas e flores do que ouvir um velho repetir toda semana sua ladainha. Contudo, meu pai insistia que fôssemos, porque segundo ele, teria feito essa promessa para minha mãe no leito de morte, quando Lina e eu éramos crianças.

Eva era o nome do nosso condado, mas também de templos, de outros condados - Eva do Norte, Eva do Sul, Nova Eva. Constam nas escrituras de pedras e de metal espalhadas pelos templos que Eva fora uma deusa que encarnou em Serena para mostrar os caminhos do bem e da iluminação espiritual para os povos. Eu não acreditava naquela idiotice. Para mim, homens e mulheres de Serena haviam espalhado esses cultos para dominação política.

Eu estava às vésperas de completar dezenove anos quando convidei minha namorada Elisa para um passeio à cavalo até a cachoeira. Fugimos dos nossos pais logo depois do almoço, quando tínhamos um período de folga.

Nossas terras eram vizinhas, e ficavam no extremo norte de Serena. Apenas meia hora galopando era possível se chegar ao litoral, onde, além mar, diziam que haviam outras terras, um continente tão velho e próspero quanto o nosso, chamado Pacífico. A cachoeira, porém, ficava antes, entre as montanhas, no seio da terra, na serra ao alto, onde se podia enxergar a vasta faixa de areia branca banhada pelas ondas azuis do oceano.

Elisa tinha a pele dourada feito ouro, cabelos lisos e brilhantes que cobriam suas costas, brancos como a neve. Seus olhos eram amendoados, da cor de mel, seu rosto pequeno e redondo. Nos conhecíamos desde a mais tenra infância. Nossas famílias eram amigas, minha irmã ia se casar com o irmão mais velho dela.

__Vamos até a praia, quero ver o mar. O céu está lindo - disse enquanto passava adiante da entrada do caminho da cachoeira.

Os cavalos desaceleraram na descida íngreme da serra. Fizemos o trecho mais perigoso devagar. Era um caminho ideal para mulas, não cavalos daquela raça, pensei enquanto Elisa, empolgada, conduzia sua égua.

Alcançamos a praia alguns minutos depois. Elisa tirou a roupa e entrou no mar. Eu fui em seguida.

Passamos a tarde ali, nos banhando e nos amando, sem que ninguém aparecesse para nos atrapalhar.

No canto da praia havia uma queda d'água que desaguava no mar, mas antes formava uma piscina natural de água doce, onde matávamos nossa sede. Camarões e mariscos eram trazidos do mar e deixados na praia para pescadores amadores, que para a nossa sorte, costumavam aparecer por ali nas primeiras horas do dia. No sol escaldante que fazia, apenas loucos e mandriões teriam a ideia de fazer tal passeio.

Ficamos deitados na piscina por um longo período, sob a sombra das árvores. Uma visão perturbadora chamou nossa atenção: um sem número de pontos negros começou a pipocar na vastidão do horizonte. Eram milhares de embarcações espalhadas pela imensa faixa horizontal que cortava o planeta ao meio entre chão e céu.

Elisa se assustou.

__O que faremos? - perguntou aflita.

__Vamos avisar a todos - respondi.

Saímos de lá em disparada até alcançarmos as primeiras fortificações. A primeira fortaleza era sobre a falésia, estava a cinco minutos de nós. Uma corneta tocou quando nos aproximamos. Paramos os cavalos em frente ao portão principal. Quando o imenso portão ovalado desabou sobre o fosso, entramos aflitos. Desci do cavalo e avisei o castelão para subir às ameias, mirar o horizonte e soar o sino. Não esperamos muito tempo, nem tivemos tempo de falar com os senhores do castelo. Logo, a fogueira do alto da torre se acendeu. Quando partimos em disparada de volta pra casa, torcemos para que os outros castelos que margeavam a costa tivessem visto o sinal. Havia correria pelos vastos campos de trigo e milho. Alguns cavaleiros foram enviados para o interior em busca de homens. Havia pouco tempo para reunir os exércitos.

As invasões de outrora haviam deixado essa região de Serena relativamente preparada. Meu pai me contava histórias de guerras do passado, do heroísmo de alguns guerreiros, as proezas de grandes cavaleiros, do surgimento das fortalezas e de muito sangue derramado. Era comum que algumas embarcações saíssem de Pacífica e chegassem até Serena em paz. Não havia tratados, barreiras ou nenhum movimento de impedimento contra cidadãos de outras terras que viessem parar ali. Mas uma esquadra daquela magnitude, certamente não saíra de Pacífica em busca apenas de tecido ou grãos.

Nossa casa era modesta, mas grande o suficiente para uma família de até dez pessoas. Fora herdada por minha mãe de seus pais. Como filha única, casou-se com meu pai ainda jovem, que tomou conta da vasta extensão de terras, com uma imensa variedade de grãos, frutas, plantas, ervas, raízes e muitos animais domésticos. A fazenda contava ainda com um pequeno rebanho de vacas, suínos e cabras. Meu pai administrava a fazenda, tomava conta ainda de uma dúzia de meeiros que cultivavam a terra, tratavam dos animais e das colheitas, enquanto nos ensinava a lida no dia a dia. Na fazenda, produzia-se mel, compotas, doces, leite, manteigas, queijos, carne salgada, além da colheita. Fazíamos comércio com toda região. Era uma vida próspera e tranquila. Frequentávamos a escola dos Anciãos, o templo de Eva, íamos às festividades de tempos em tempos, além, é claro, de aprendermos táticas e arte do combate, não havendo distinção nenhuma entre homens e mulheres.

Naquele final de tarde minha irmã nos esperava no meio da estrada de oliveiras que dava na sede da fazenda.

Notei que Lina estava mais aflita do que nós.

__Onde você estava? - perguntou desesperada. - Nosso pai não está nada bem. Ele caiu - completou.

Desci do cavalo com um turbilhão de coisas passando pela minha cabeça. Passei pela varanda correndo, cruzei o corredor passando pelos quartos, sala, cozinha até alcançar o último quarto, onde meu pai estava deitado, imóvel.

__O que aconteceu? O que ele tem? - perguntei.

__Eu não sei - respondeu Lina chorando. - Ele caiu sozinho, levou as mãos ao peito, fez cara de dor.

A visão daquele homem prateado, forte, de ombros largos, de expressão sisuda, queixo largo e barba proeminente deitado imóvel naquela cama me trouxe uma tristeza só comparável a que senti quando minha mãe morrera. Ao mesmo tempo, uma ponta de alívio tomou conta do meu coração quando me lembrei do destino que se revelava diante de nós, com a visão daqueles milhares de barcos atracando em nossa costa.

__Traga os homens - disse para Lina.

Colocamos o corpo do meu pai num pequeno barco de pesca que ele utilizava para pescar nos dias de folga, no riacho que cruzava nossas terras. Fizemos ali mesmo uma cerimônia de despedida, apenas com os homens e mulheres que trabalhavam na fazenda, mais a família de Elisa.

Expliquei aos trabalhadores que deveriam fugir para o sul, e que ficassem seguros até que tivessem boas notícias do norte. Alguns dos homens decidiram ficar e lutar, pois eram homens bravos e honrados. Os mais velhos e as crianças, no entanto, tiveram que partir. Assim, Elisa se despediu de seus pais, prometendo que tomaria conta de tudo. Prometi aos pais de Elisa que tomaria conta dela, enquanto uma comitiva de cavaleiros pedia licença para atravessar rumo ao norte, porque haviam sido avisados de que uma ameaça estrangeira estava prestes a invadir nossas terras. Tampouco adiantou pedir pra Elisa partir com seus pais para o sul. Com um abraço apertado, despedi-me de minha irmã, que partira com a família de Elisa.

Elisa e eu, assim como todas as crianças de Serena, éramos treinados desde os doze anos de idade para a batalha. Quando criança, os habitantes de Serena aprendiam a desenvolver armaduras, polir armas, abastecer as frentes de batalha durante os exercícios, espionagem e até empunhar algumas armas, como arco e flecha. Aos quinze anos, iniciávamos o treinamento com espada e armadura, o combate corpo a corpo, os

pontos fracos e mortais do corpo humano. Os
exercícios eram simulados nas quatro fortalezas à
beira-mar, eram simuladas batalhas reais, desde
cercos até tentativas de tomada de assalto. Nos
exercícios de longos cercos, chegávamos a ficar
dias de comer, apenas com uma porção de água e
uma pasta de cereais. Nos de assalto,
combatíamos de verdade, com espadas de
madeira, flechas com ponta de plumas, pedras
falsas à base de uma maçaroca de plantas
amarradas em barbante. Éramos, portanto,
preparados para a guerra, desde a mais tenra
idade. E até nos divertíamos demais nos
exercícios e nas preparações de toda a máquina de
guerra, aquecidos com as histórias de combates.
A guerra, no entanto, quando bateu de verdade em
nossas portas, perdeu todo o sentido de aventura
e passou a preencher de sombra e medo nossos
corações.

Elisa e eu usamos o mesmo caminho de sempre
para chegarmos até a piscina natural onde
avistamos a esquadra de Pacífica pela primeira
vez. Na nossa retaguarda, um batalhão de homens
e mulheres que se posicionavam barranco acima,
observava atentamente o horizonte, enquanto

nossos barcos avançavam rumo ao confronto. Nosso avanço se dava de duas marinas diferentes, uma a leste e outra a oeste, de forma que os dois extremos avançando ao mesmo tempo formavam uma ponta de lança gigantesca no oceano.

O avançar das tropas inimigas era mais lento do que eu imaginava. A distância dos barcos no horizonte permitia a ilusão de que estavam apenas alguns minutos de distância, quando na verdade estavam horas, talvez dias. O que era ótimo, já que o grosso das nossas tropas se encontrava no interior. Levaria dias, até meses para todo o nosso exército estivesse pronto para um enfrentamento de tamanha grandeza. Os navios, no meu entender, deveriam manter os homens o mais longe da terra possível, por um período de tempo quanto mais elástico fosse. Precisávamos ganhar tempo de qualquer maneira, e era imprescindível que nossa esquadra se saísse razoavelmente bem.

Felizmente, não parava de chegar gente disposta para a batalha nos barrancos, até mesmo nas praias. Foram trazidos centenas de barris de óleo, dezenas de trabucos e alguns pares de catapultas para a formação da defesa. Caso nossa vanguarda naval falhasse, na pior das hipóteses os navios invasores seriam atingidos por centenas de esferas flamejantes até alcançarem a praia. Uma saraivada de flechas envenenadas os receberia na areia escaldante, além de imensas rochas maciças lançadas barranco abaixo.

Um grupo de cavaleiros se aproximou de onde estávamos. Eram os quatro senhores dos castelos e sua guarda pessoal. Lorde Marco desceu do corcel negro a dez metros de nós.

__Elisa. - disse enquanto lhe dava um forte abraço.

__Marcel. - apertou minha mão.

O ruivo era gordo e hirsuto, tinha o dobro do tamanho dos homens comuns, seu hálito exalava a alho, e sua respiração era tão forte que quase podia mover os grãos de areia no chão. Lorde Marco era conhecido como o grande urso de pedra, um dos heróis de guerra do passado. Era o comandante da operação em curso, tinha a fama necessária para reunir toda Serena, mais o respeito dos outros senhores.

__Obrigado. Vocês dois podem ter salvado Serena.

O velho deu alguns passos em direção ao mar.

__Mas eu duvido. - concluiu.

__O que está acontecendo lá? - perguntei.

__Estão negociando. Meu filho Saulo está na vanguarda, outros capitães da minha confiança fazem a escolta - respondeu o urso de pedra.

A presença daquele gigante e a confiança que ele transmitia nos dava uma certa segurança. Não havia nenhum medo em seu olhar, ou ele conseguia disfarçá-lo muito bem. Ficamos durante algumas horas por ali. Uma fogueira foi acesa, alguém começou a assar um pedaço de carne. Ouvia-se à boca pequena que Saulo Bico Doce era um grande negociador de terras, grãos e gado, mas que nunca havia negociado termos de guerra com invasores antes.

Saulo Bico Doce ganhou esse apelido por causa da sua capacidade de oratória e convencimento, e por ter aprendido com a mãe a arte de negociar bem em nome da família. Saulo era meu desafeto, por causa de Elisa, a quem seu bico doce nunca encantou. Quando éramos adolescentes, brigamos algumas vezes por causa de disputas banais de jovens. Quando nos tornamos adultos, ambos mantivemos uma distância saudável um do outro. Saulo e eu éramos habilidosos em combate. A decisão de Elisa em preferir a mim nos afastou de vez, e seguimos caminhos muito diferentes desde então. Ele nos mares, trazendo riquezas e especiarias para a fortaleza de seu pai, eu na fazenda do meu.

O sol estava quase se pondo quando uma galé de com dezenas de homens começou a vir em nossa direção. Era Saulo Bico Doce, cuja embarcação era atravessada por um carretel gigante, cujas rodas nas extremidades continham uma sequência de remos. Conforme o carretel girava pela força dos homens movendo as engrenagens internas, as pás forneciam velocidade, alcançando a praia ligeiramente contra o vento.

Lorde Marco dirigiu-se para o filho, ajudando-o a descer da geringonça, acompanhado por todos os cinquenta cavaleiros da comitiva.

__E então? - disse o velho urso.

__São os vermelhos - respondeu Bico Doce.

'Os vermelhos' era como conhecíamos os homens de Pacífica. Os antigos diziam que seu tom de pele avermelhado era por causa dos antigos deuses, que os fizeram fortes como bronze, e valorosos da mesma forma. Meu pai costumava dizer que sua alimentação à base de tomate e cenoura os tornara vermelhos, e que se quisesse ficar forte e me tornar bom guerreiro como um deles, deveria comer vegetais, frutas e legumes vermelhos. Essa era uma das causas pelas quais eu não comia beterraba.

Em Serena, os homens eram prateados e as mulheres douradas. A maioria de nós, homens, ostentava o cabelo dourado, com algumas variações de vermelho. As mulheres eram o contrário: pele dourada e cabelos prateados, com variações para o castanho claro.

As histórias que contavam da nossa coloração eram das mais diversas, desde deuses que vieram do sol, até lendas de ovos de metal voadores, do qual seriam filhos os primeiros homens e mulheres.

Meu pai, apesar de ouvir os sacerdotes dos templos, tinha sua versão para tudo. Segundo ele, nossa variação de cor entre o dourado e o prateado derivava da quantidade de leite ou queijo que as mães ingeriam durante a gestação.

Lorde Peter se aproximou, baixo, atarracado, careca, com uma barba cônica que alcançava o peito. Usava cota de malha e toga, onde a cabeça de um rinoceronte em chamas, mesmo desenho das bandeiras de seu castelo, desafiava quem o fita-se por muito tempo.

__Quais são os termos?

Bico doce fitou Elisa e eu por um minuto antes de responder. As palavras pareciam que tinha fugido da sua lábia fácil.

__Nunca foi sobre termos, Lorde Peter. Eu estava tentando ganhar tempo. É a única coisa que importa. - respondeu Bico Doce.

O homem era apenas alguns anos mais velho do que eu. Tinha um cavanhaque bem desenhado, longos cabelos vermelhos até a cintura, era um pouco mais baixo que o pai, ombros largos e braços firmes que dariam inveja e medo a qualquer guerreiro.

Bico Doce voltou-se para o pai.

__Os exércitos do sul chegaram?

Lorde Marco negou com um gesto de cabeça.

__Nem os malditos pombos devem ter chegado ao sul ainda. - praguejou. - Qual é o sinal? - perguntou o pai.

__Se eu não retornar com os primeiros raios do dia, haverá guerra - respondeu.

Lorde Marco cuspiu.

__Haverá guerra de qualquer jeito - concluiu o velho.

Elisa e eu cavalgamos pela praia para reconhecer o terreno que conhecíamos como a palma de nossas mãos. Uma imensa faixa de óleo havia sido derrubada ao longo da vasta extensão de areia, deixando o solo negro e brilhante. 'Uma parede de fogo', imaginei enquanto subíamos por uma trilha morro acima.

No alto da encosta havia centenas de milhares de homens e mulheres empunhando adagas triplas, espadas e escudos, lanças, arco e flechas. Os mais jovens empunhavam fundas, bestas, facas, machados, foices. As tochas foram acesas na medida que o crepúsculo do fim de tarde dava lugar a uma sombra escura e fria. Logo as primeiras estrelas começaram a pipocar no céu e a praia ficou densa e escura feito o próprio óleo despejado na areia.

Procuramos algo pra comer. Elisa encontrou um sopão sendo servido à beira de uma tenda, mas se afastou ao sentir cheiro de cebolas. Seguimos até uma banca de soldados, que saboreavam cerveja preta com linguiças no pão, porco salgado e um caldo de lentilhas. Pedimos licença e fizemos ali mesmo nossa refeição, ouvindo histórias exageradas de bravura em combate, conquistas amorosas e medidas fálicas.

Encontramos uma tenda de soldados vazias, cujos soldados estavam de guarda, num local sem muita aglomeração, o que era difícil. Sentamos por alguns instantes e combinamos de tentar dormir um pouco. O caldo de lentilhas era forte, amoleceu nossos músculos, e a cerveja preta levou embora um pouco da tensão que acumulamos durante o dia. Centenas de outras tendas foram montadas para o pernoite, apenas alguns poucos soldados de Lorde Marcos, sob comando de Saulo Bico Doce, mantiveram-se despertos para a vigia noturna.

Fizemos amor ali, como se fosse a última vez.

Não sei por quanto tempo dormi até senti um formigamento tomar conta do meu corpo. Eu já havia sentido esse formigamento antes, como se tivesse dormido por cima do braço, e o sangue estivesse estagnado por ali, dando a sensação de dormência. Mas uma forte catalepsia se espalhava dos meus pés até a cabeça, causando desespero. Tentei gritar, mas não saia voz. Tentava em vão mexer os braços, as pernas, o tronco e a cabeça, mas era inútil. Ouvi uma espécie de zumbido no ouvido, que começava baixo e ia se intensificando, como se alguma espécie de besouro houvesse invadido minha cabeça, fazendo uma algazarra cacofônica.

Do nada levantei. Mas não estava acordado. Olhei meu corpo no chão, e entrei em desespero acreditando que podia ter morrido durante o sono. Elisa estava ao meu lado, mas tinha virado para o outro lado, e dormia profundamente.

Notei que um fio prateado saia da minha testa até a cabeça do meu corpo sonolento. Fiquei alguns segundos sem conseguir entender, observando meu corpo espalhado no chão, ao lado de milhares de outros corpos.

__Lucian! - ouvi uma voz em minha cabeça chamando.

Olhei para trás, havia um ser de luz me observando. Notei que o seu corpo brilhava como o meu, mas ele não tinha corpo físico no chão e nenhum fio saindo de sua testa.

__Quem é você? O que está acontecendo? - perguntei aflito.

__Mantenha a calma. Tente acalmar sua mente, observar seus batimentos cardíacos. Fique calmo e relaxado. Temos muito o que conversar - disse o ser.

__Eu morri?

__Não. Você não morreu. Fique tranquilo. Logo você acordará.

__Isso é um sonho?

__Também não. Acalme-se e me acompanhe.

O ser começou a levitar na minha frente. Com um gesto de mãos, convidou-me a tentar. Pensei em voar, e logo minha mente começou a me obedecer. Senti meu corpo flutuando, e uma sensação imensa de bem estar tomou conta do meu corpo, ou seja lá o que fosse aquilo. O ser subiu cada vez mais alto, como quem brincava de pegar, incitando-me a acompanhá-lo. Logo, o chão estava longe, só era possível enxergar pontos de luzes espalhados pela encosta, a imensa faixa de terra que percorria toda a praia, e outros milhares de pontos de luzes no mar. Continuamos nossa subida até mergulharmos num ambiente um pouco mais denso. Olhei para os lados e havia peixes coloridos, baleias, golfinhos, corais. Eu estava no céu, mas era como se estivesse no fundo do mar, só que um mar tão claro quanto o dia, onde era possível enxergar tudo com detalhes. O ser de luz continuava a subida, até finalmente chegamos numa praia, que lembrava vagamente a costa de Serena, mas inexplicavelmente mais clara, nítida, bela e real.

__Estamos secos, disse ao ser quando chegamos na areia.

__Sim - respondeu voltando-se o olhar pra mim.

Era uma mulher.

__Quem é você? - perguntei confuso, mas ainda em êxtase.

__Angela.

__O que é tudo isso?

Angela sorriu e me observou por um certo tempo. Uma ponta de sorriso apareceu no seu lábio.

__Onde estamos? - perguntei deslumbrado.

A mulher tinha o rosto cálido e sereno. Suas vestes eram distintas, um branco brilhante que se confundia com sua pele.

__Venha.

Segui-a, com a sensação de que já a conhecia de algum lugar, mesmo sabendo que não havia a menor possibilidade de isso ter acontecido.

Angela me tomou pelas mãos e subimos um pouco mais, voando devagar. Avistei algumas casas muito diferentes das que conhecia, ao longo da praia. Havia cores vibrantes por onde se olhasse no chão. Observei, ao longo do pico da enorme encosta, um castelo brilhante, centenas de vezes maior do que as fortalezas de Serena. Subimos mais alto, e consegui avistar, ao longe, uma bolha de luz que saía de uma imensa e esplendorosa cidade, cheia de construções que eu não conseguia entender.

Angela acelerou o voo e me levou até uma dessas construções fabulosas, num piscar de olhos, no centro da imensa bolha de luz que envolvia a cidade brilhante. Quando abri os olhos, estava no centro de um colorido jardim no alto de uma construção, onde se podia enxergar a imensa cidade luminosa.

Ela se aproximou de mim após uma breve caminhada ao redor das plantas.

__Quando jogas uma boa semente na terra e a cultiva, o que a terra lhe entrega em agradecimento? - perguntou de maneira retórica. - Bons frutos. Alimento para o corpo, alegria para a alma.

Enquanto ela falava, palavras começaram a pipocar na minha mente, alternando sua fala com meus pensamentos.

"O rio corre para o mar, assim como cedo ou tarde é o destino de todas as almas alcançar a fonte eterna de vida, que não precisa mais verter pra lugar algum, porque está ao redor de tudo. Há vezes, porém, que algum obstáculo intransponível represa alguma porção desse rio, formando poças esquecidas ao longo do caminho. E é aí que uma luz maior entra em ação: a água represada desses pequenos pedaços de rios é trazida de volta para o céu decantadas em forma de nuvens, para que possam novamente cair no ponto em que se perderam e continuar sua jornada."

__O rio corre para o mar - falei meio que sem entender o que se passava com minha cabeça.

Angela assentiu com um sorriso.

__Você não é mais Rio, Lucian. Você é o Mar.

"Lucian", minha mente divagou.

Angela se aproximou seu rosto do meu ouvido.

__Acorde, Marcel. Acorde.

De repente senti como se estivesse amarrado e alguém me desse um puxão forte. Toda a cidade branca desapareceu da minha frente, e senti que caia de um penhasco, cuja queda não acabava.

Acordei assustado, com Elisa gritando e me chacoalhando.

__Marcel, acorde. Estamos sendo atacados.

Um gigante vermelho estava em pé ao lado de Saulo Bico Doce, que discursava para a multidão. Era preciso que homens repetissem o que ele dizia aos gritos a cada dez metros para que a mensagem chegasse para a população que se espremia dentro e fora da fortaleza do Urso de Pedra. Seu discurso era de rendição.

Dentro de uma das dezenas de gaiolas de madeira, amontoado com mais de vinte homens, corsários explicavam o que tinha acontecido.

__Bico Doce nos traiu - disse um esquelético desdentado que acompanhara tudo de perto. - Os navios estavam rendidos desde sempre. Nunca ouve negociação. Fomos entregues aos vermelhos ainda no Mar.

Outros confirmaram sua versão. Aquele pirata magricela fora obrigado a abandonar seu posto de contramestre para voltar à terra numa das galés que trouxeram a comitiva dos vermelhos para a praia. Agora era um prisioneiro e seu destino estava atrelado ao meu.

O homem continuava se esgoelando na mensagem de Bico Doce.

__A partir desta data, o senhor Saulo, filho do Lorde Marco da fortaleza dos Ursos de Pedra, reinará como rei.

__Lorde Marco foi morto pelas costas, pelo próprio filho - disse um dos homens ao meu lado. - Maldito seja! - praguejou desferindo uma porção de cuspe pra fora da carroça.

Serena nunca tivera um rei antes. A fartura de alimentos e animais permitia que os exércitos servissem apenas ao povo. Mesmo os quatro lordes das fortalezas jamais impuseram um regime político aos seus concidadãos. O poder derivava da riqueza ou da imposição; não havia ricos mais do que os outros em Serena. Os grãos brotavam da terra com fartura, as árvores frutíferas e os animais se proliferavam como pragas. Os maiores proprietários de terra dependiam da ajuda de trabalhadores sócios para preparar o terreno, a lida com animais, a colheita e o corte. Ninguém entendia ao certo as razões pelas quais Bico Doce estava dando aquele golpe e instaurando um regime ditatorial.

"Elisa", pensei assim que recobrei a consciência dos últimos atos. Minha cabeça doía.

Não houve intensa batalha em terra ou mar. Alguns soldados que reagiram em terra morreram atacados pelos soldados de Bico Doce. Muitos morreram dormindo, outros foram rendidos e amarrados. Lembrei apenas de Elisa me acordando, e de uma pancada forte na cabeça que recebera quando tentava levantar do sono.

Bico Doce parou de falar e a multidão começou a se dispersar. Senti um tranco ao estalar de um chicote, que não pude ver de onde vinha. Nossa gaiola começou a ser puxada, e os homens começaram a gritar em desespero. Suas mulheres e filhos se aglomeravam ao nosso redor em busca de seus maridos, filhos, irmãos, amigos. Na confusão, vi Saulo Bico Doce saindo à cavalo da fortaleza, vaiado pela multidão reprimida pelos mais de mil soldados vermelhos que faziam sua escolta. Foi a última vez que vi Elisa: amarrada e trôpega, puxada nua por uma corda pelas mãos do meu algoz.

O navio que nos transportava era dividido em três compartimentos abarrotados de homens, mulheres e algumas crianças. A única entrada de luz vinha de um buraco quadrado no teto, por onde vertia uma escada de cinco degraus. Dali também vinha a água dispersada por um regador de plantas, fazendo com centenas de bocas abertas se amontoassem para tentar alcançar algumas gotas. Comida não havia. Foi sem dúvida a semana mais longa para cada prisioneiro ali. Com ventos favoráveis, alcançamos uma das bahias de Pacífica sete dias após deixarmos a costa de Serena.

__Vejam. É "Lucian' - disse o prisioneiro apontando para um enorme vulcão a alguns quilômetros de distância.

O homem baixo e magro a minha frente estava amarrado a mim pelo pescoço, que também estava amarrado a outro, e a outros, formando uma longa corrente humana caminhando para um destino incerto.

"Lucian". Pensei no sonho estranho que tivera a noite anterior. "Você é Mar". Talvez a moça luminosa do sonho quisesse dizer que eu era mau, já que me chamou de Lucian, o deus da morte que reinava no inferno.

Caminhamos sob o estalo do chicote de um feitor, conhecido como Corvo. Alguns homens desmaiavam de fome, e era necessário que o companheiro de trás o ajudasse, para não atrapalhar a marcha ou ser chicoteado.

A base do vulcão Lucian era perfurada por uma grota que declinava para um caminho íngreme e úmido, escuro como a noite. As sombras dos corpos magros e cansados refletiam em suas paredes machucadas através das fracas chamas de tochas nelas enfincadas, que queimavam com dificuldade devido ao ar rarefeito, indicando com dificuldade o caminho abaixo. Era como se fôssemos almas condenadas ao inferno, uma atrás da outra percorrendo o caminho íngreme, com cheiro de ovo podre.

__Enxofre - disse o meu vizinho da frente. - Esse ar está envenenado.

Andamos cerca de um ou dois quilômetros, até chegarmos numa ampla galeria, arredonda, onde se via uma imensa gruta ao fundo, com uma porção de luz que descia do céu. Um verdadeiro milagre em meio aquela visão mórbida, de homens de barro atacando o solo e as paredes sem parar, movendo sacas e queimando pequenas fogueiras alimentadas por madeira e rochas vulcânicas. Um cheiro de comida penetrou nossas narinas e aumentou o buraco que devorava nosso estômago. Atrás da queda de água que caia pela gruta, uma enorme cozinha improvisada era comandada por algumas mulheres. Fomos deixados lá pelo feitor.

__ Comam o quanto aguentarem, depois tomem banho e durmam. Alimentem seus corpos, pois precisaremos deles - disse o gigante vermelho, forte como um touro, enrolando seu chicote, confiante de que estávamos fracos demais para atacá-lo.

Os poucos raios de sol da manhã que penetravam pela fenda da gruta não eram suficientes para iluminar toda a galeria, que dependia de tochas acesas por todos os lados. A ferida aberta na terra, contudo, permitia que uma quantidade suficiente de ar preenchesse o ambiente a ponto de nos manter vivos, o que não era grande vantagem.

Não sei por quanto tempo dormi. Nos primeiros raios do sol do dia seguinte, recebemos uma picareta e um alforje cada. A água que jorrava pela gruta, o ar da fenda e a porção de sopa servida no final do dia permitia que fôssemos explorados ao extremo.

__Quem entregar o embornal vazio vai ficar sem comer - dizia um dos vermelhos.

__E receber cinquenta chibatadas - advertia o outro, aos risos.

Havia um vermelho para cada grupo de dez homens. Todo ouro que encontrássemos deveríamos comunicar imediatamente antes de guardar. No final do dia, alguns homens eram escolhidos para recolher e fazer a pesagem, assegurando o jantar de quem conseguisse algumas pepitas. Quem não conseguisse, tinha que torcer para que no meio da terra acumulada houvesse ao menos algumas migalhas do metal. Dali, os pequenos fornos improvisados nas fendas das paredes derretiam o metal, transformando-o em pequenos tijolos padronizados com o símbolo do rei, uma pequena coroa atravessada verticalmente por um J, de Johan.

Os dias passavam devagar, as horas de trabalho eram lentas e a violência dos feitores se intensificava cada dia mais, à medida que a produção caía.

O homem magro e banguela que viera junto de mim na gaiola se chamava Alouis, mas preferia ser chamado pelo apelido de Sombra. Sombra havia sido contramestre num dos navios de Saulo

Bico Doce, e fora contra a rendição dos homens para a frota do rei Johan. Era um homem dividido, que se achava justo dentro do código de ética que seguia.

__Eu roubava e pilhava, matei homens, bucaneiros perversos, ladrões e estupradores, nunca um homem justo. - dizia. - Também nunca tirei nada de quem não tivesse dez vezes mais do que eu.

Sombra não tinha o menor jeito com a picareta, e sua desventura à procura de ouro

lhe causara problemas nos dias duros de trabalho forçado. Sombra fora vítimas de punições tanto por sua língua ferina quanto por sua má sorte. Com o tempo, os homens cansaram de castigá-lo, e preferiram enviá-lo para ajudar na cozinha. Sombra engordou e fez amizades importantes, extraindo o máximo informação que precisava para tramar uma possível fuga.

__Uma vez por semana vamos a superfície - dizia. - Há uma pequena horta, um criadouro de porcos e galinhas, além de um pomar de onde sai a comida. Alguns poucos homens trabalham lá, e não são soldados.

Com o tempo, Sombra passou a traficar comida, cerveja e até fumo para os homens. Sombra passou a ser uma peça importante para que mantivéssemos nossas esperanças de dias melhores acesas, e se houvesse uma rebelião e fuga, estaria nele a chave para que se concretizasse.

E foi numa dessas noites de desolação, preso a grilhões junto de outros dez homens que meu sonho de liberdade plena se repetiu. Dessa vez, me vi fora do corpo, preso pelo fino fio prateado que se estendia desde a base da caverna até a beira da praia de Pacífica, onde se encontrava uma figura de luz. Mas não era a mulher. Angela. Era um homem, de aspeito venerando e olhar apaziguador.

__Meu nome é Alexis. Angela me mandou por você - disse o ser.

__Você vai me tirar daqui? - perguntei ansioso.

__Sim - respondeu o homem. - E não - avisou com olhar de mistério, atenuando um sorriso de canto de boca.

O homem fez menção para que eu o seguisse, apontando para o alto.

__Você já sabe como é. Basta pensar - disse se transformando num raio de luz.

Seguimos mais alto dessa vez, e não entivemos na cidade luminosa como da outra. Ao invés disso, Alexis passou rapidamente para fora do planeta, no espaço infinito, onde podíamos observar uma pequena esfera com tons de azul e acre, coberta de nuvens girando devagar em sua atmosfera.

__Quiron. - disse Alexis - Este é o verdadeiro grilhão.

Fitei-o sem entender.

__Aqui - continuou - é lar de milhões de almas que vieram de um outro planeta, para ter uma nova chance, porque Deus é misericordioso e não abandona ninguém.

__Existem outros planetas? - perguntei desconfiado.

Alexis sorriu.

__A vida se manifesta sem cessar ao longo das eras, dando saltos, de casa em casa, se preciso for.

__Pensei que você houvesse dito que era uma prisão - observei.

__Alguns são - respondeu Alexis.

__E Deus, existe mesmo? - perguntei sem pestanejar.

Alexis fixou o olhar em mim.

__Olhe ao redor. - disse. - O que você enxerga?

Olhei atentamente. Vi pontos de luz espalhados pelo espaço infinito e escuro que se descortinava a minha frente.

__Deus é tudo isso? - respondi com uma pergunta.

Alexis riu discretamente.

__Onde está seu corpo? - perguntou retórico.

__Lá embaixo, na caverna - respondi.

__Sim. Mas sua inteligência, sua mente, aquilo que o torna verdadeiramente um ser consciente, está aqui.

__Sim. Não sei como é possível, mas entendo que sim.

Alexis olhou para o horizonte infinito.

__Seu corpo é como o universo infinito, em escala menor. Seu corpo é parte de toda a criação divina, um pequeno fragmento do todo material, um microcosmo que faz parte de tudo o que existe, pode ser tocado e observado pelos olhos - disse Alexis em tom professoral e humilde, esforçando-se para escolher as palavras certas para que eu não me perdesse. - No entando - continuou -, sua mente está aqui. Você, em essência, quer dizer, aquilo que você é verdadeiramente não é o seu corpo lá embaixo; é o que você está sentindo agora, vivendo agora. Seu corpo existe assim como o universo existe. Mas onde está o paralelo comum à sua mente? - inquiriu Alexis me deixando um pouco confuso.

Alexis percebeu que eu estava me esforçando para entendê-lo.

__Seu corpo existe como o universo existe. Mas sua mente também existe. O que falta para fechar a equação? - perguntou.

__A mente do universo? - respondi tentando acompanhá-lo.

__Exato! - vibrou Alexis. - Deus.

__Deus é a mente do universo?

__Sim. Deus é a inteligência suprema. Causa primeira de todas as coisas. O Pai Celestial Criador de tudo e de todos. Deus é a resposta, a incógnita que completa a equação que poucos entendem.

Refleti por um instante, mas ainda estava confuso.

__Se Deus é a inteligência do Universo, e eu sou a inteligência do meu corpo. Então eu sou estúpido demais diante de Deus - conclui.

Alexis gargalhou pela primeira vez.

__Um neurônio sempre será mais estúpido do que todas as sinapses - disse Alexis me deixando mais confuso.

__O quê? - perguntei sem entender a o que ele queria dizer.

__Temos muito o que aprender, Lucian. - disse Alexis. - Ou melhor: temos muito o que relembrar concluiu.

Nos anos que se seguiram, Alexis me acompanhou quase todas as noites, me acompanhando a locais distantes do universo, à Cidade Luminosa, alguns locais do próprio planeta, sempre com lições valorosas sobre todo assunto possível. Com Alexis - ou com algum outro mentor que ele vez ou outra me enviava - aprendi sobre a química dos elementos, a física, a biologia, até me enveredar para os conhecimentos celestes, que possuíam outra química, física e biologia. Alexis me mostrou a história da Terra e de Quíron, e principalmente sobre mim, quem eu era e o que estava fazendo ali. Alexis me avisara que eu precisava aprender para lembrar, e lembrar para entender. Com Alexis, fiquei cada vez mais consciente de minha ignorância à medida que minha mente se aprofundava em seus segredos ocultos. Alexis me ensinou a meditar, uma prática que permitia acessar os planos superiores sem precisar dormir, enviar-lhe mensagens durante o dia. Com o tempo, passei a entender que a vida real estava além do meu período de vigília. Meu período acordado, naquela caverna, havia se transformado num sonho ruim e fugaz; meu corpo era um casulo temporário que guardava minha alma até que eu pudesse definitivamente me libertar. Mas para isso, precisava despertar ainda no corpo. Lembrar quem eu era em essência, e essa era uma tarefa mais dura do que eu imaginava.

A condição de encarnado num planeta prisão, como dissera Alexis, não me deixava confortável. Eu era Lucian, o demônio malvado dos planos inferiores, que condenava as almas ao sofrimento. Era necessário entender esse processo acima de qualquer coisa, mesmo Alexis me tranquilizando de que nada daquilo era verdadeiro, que a cabeça dos homens era terreno fértil, e que logo eu entenderia tudo. Todas as noites eu saia do meu corpo cansado, e me sentia vivo novamente. Passava as noites acordado, viajando, aprendendo, lembrando pequenos detalhes da minha vida essencial, lentamente, calmamente, como um escavador que cava sem parar, e que mesmo estando próximo do tesouro buscado, é incapaz de vê-lo ou perceber o quão próximo está do seu prêmio, por causa de uma simples camada fina de terra.

Não havia um dia em que eu não pensasse em Elisa. Visitá-la, ainda que fora do corpo, era o meu maior desejo, mas não me era permitido bisbilhotar a vida de ninguém, ou talvez Alexis estivesse me protegendo de mais sofrimento além do que eu já passava na caverna. O fato é que todas as vezes que eu tentava visitá-la, acabava acordando e me via de volta ao corpo físico, sem conseguir pegar no sono novamente, ou mesmo sair do corpo. Como um castigo por minha desobediência, ainda passava o dia inteiro cansado, sem render o suficiente no trabalho, sendo punido inúmeras vezes por isso.

E foi durante um desses castigos, não em mim, mas em Sombra - que fora pego traficando bebida em troca de uma porção de ouro - que senti o estalo tão desejado em minha mente.

De repente, entendi tudo. Lembrei de tudo. Estava desperto. 'Angela', foi a primeira coisa que pensei. Meus olhos vidrados no corpo de Sombra sendo castigado contrastava com minha mente vagando em meio a todas as memórias de vidas passadas que tive, a minha ascensão como espírito puro, meus séculos de aprendizado aprendendo a manipular o fluído cósmico, minhas criações nos planos superiores, meus séculos de Amor profundo ao lado de Angela. Minha mente estava desperta. Eu era mar. Eu era Lucian, espírito evoluído com a missão de ajudar a humanidade a evoluir. Tudo passou a fazer sentido, tudo veio a minha mente de uma vez só, como um vaso inundado de água pura, após tanto tempo de secura.

Fechei os olhos e pensei em Angela. As chibatadas, chutes e pontapés davam a medida da emergência a qual eu estava sujeito naquele momento tão sublime. Mandei uma mensagem para Angela avisando que eu havia acordado, e outra em agradecimento a Alexis e todos os outros mentores que me auxiliaram no meu despertar. Mas parei por ali. Abri novamente os olhos, meu coração se encheu de chamas.

__Chega! - gritei paralisando a todos de medo.

Os vermelhos me fulminaram com o olhar. Havia dez anos que estávamos ali. Nossa convivência era pacífica, não havia maiores problemas, estávamos acostumados uns aos outros, adaptados à condição de submissão. Ninguém jamais havia levantado a voz para aqueles homens fortes e bem alimentados. Todos eles sabiam que Sombra traficava comida e bebida, mas roubar do rei era crime de morte, uma surra jamais seria suficiente para aqueles trogloditas com sede de sangue.

Os dois guardas que espancavam Sombra voltaram-se para mim. Os demais trabalhadores pararam o trabalho, os outros guardas dispersos começaram a se aglomerar.

Um deles ameaçou uma corrida contra mim. Fechei os olhos e juntei as mãos sobre o peito. Com um gesto de empurrar, fiz com que o guarda voasse dez metros pra trás, sem que eu encostasse nele. Com alguns gestos de mãos, estourei as correntes dos presos e amarrei os guardas, sob olhar incrédulo dos presentes. Era como se eles estivessem sonhando, uns esfregavam os olhos, outros se beliscavam para ter certeza de que estavam acordados. Apaguei toda chama acesa, e por um ou dois segundos a caverna virou um breu. Quando voltou a acender, meu corpo brilhava como um farol, iluminando tudo ao redor. Retirei o brilho que cegava os olhos curiosos do meu corpo e o transferi para o teto da galeria numa esfera, iluminando tudo redor.

Os homens se ajoelharam diante de mim. Sombra se levantou cambaleante e veio em minha direção.

__Você demorou dez anos pra acabar com toda essa merda? - resmungou antes de me abraçar.

Senti energia saindo do meu corpo. Sombra havia desmaiado, não suportando o influxo energético que havia tomado de mim. Pedi água e o despertei.

__Traga o sal utilizado na comida - ordenei. Sombra atendeu sem pestanejar. Ordenei que os homens socassem carvão e enxofre, enquanto preparava o salitre. Pedi que os homens enchessem as carroças de ouro, além de sequestrar a maior quantidade de mantimentos possível da comida. Carregamos alguns barris com os elementos químicos. Saímos da galeria pelo caminho que Sombra descobrira quando ajudara a transportar comida. Os guardas foram deixados para trás amordaçados, para que não pudessem assoprar as velas e impedir a enorme explosão que soterraria toda aquela ferida no seio do vulcão que levava meu nome.

Chegamos ao local onde Sombra havia informado que havia uma horta e animais. Os homens mataram um porco e fizeram uma fogueira na beira do rio, enquanto se banhavam e esperavam a carne do animal assar. Afastei-me um pouco porque Alexis me enviou uma mensagem.

Alexis apareceu pra mim pela primeira vez sem que eu precisasse me desdobrar ou meditar.

__Lucian, o que você está fazendo? Aqueles homens presos na caverna - Alexis parou, porque leu meu pensamento. - Angela concordou com isso? - perguntou espantado.

__É a única forma de entrar lá sem cegá-los. 'Empatia' - disse para seu horror.

Alexis estava boquiaberto, como eu nunca o vi antes.

__Lucian. Isso é um erro. É um absurdo, você vai cair, vai alimentar uma psicosfera doente, você pode ser absorvido. Como você pode ter certeza de que não vai entrar numa espiral de maldade, de ódio, de choro e medo? Mortes, Lucian? Vingança? Você acha que pode entrar naquele lugar para salvar aquelas almas sem se contaminar, apenas por ser espírito puro?

__São muitas perguntas, meu irmão. E poucas respostas. É o que vamos descobrir - respondi. - É aqui que nossos caminhos se afastam.

Alexis desapareceu em minha frente. O cheiro do porco assado atiçou minha fome. A sensação de ser um espírito iluminado num corpo físico era curiosa e dúbia, como manter um pé na terra e outro no ar. Eu tinha um corpo que tinha suas necessidades, e uma alma que havia descortinado os mistérios mais elevados do cosmos. E ainda assim me sentia confuso em minha missão de ajudar a esvaziar o Térreo. Se Alexis estivesse certo, eu estaria atrapalhando mais do que ajudando, e teria que saldar todo aquele carma que estava acumulando para adquirir meu passaporte pra lá. Angela não quis me dizer antes de encarnar, mas o umbral em sua mente que separava o que eu podia ver e o que eu não podia acessar, era idêntico ao que eu havia imposto no Térreo para afastar as almas perdidas dos outros planos. Talvez a resposta que eu estivesse procurando fosse justamente aquela: o portal em si. Não havia outra forma de atravessar o umbral sem ser pela carne. Espírito puro no umbral não era bem visto, bem vindo, cegava; o amor e a caridade constrangiam aqueles espíritos rebeldes que apenas conheciam a língua da chibata, da violência, do rancor e do ódio. Eles jamais ouviriam ou seguiriam alguém que não fosse como eles, que pensasse como eles, que sentisse os mesmos medos e sensações que eles. 'Empatia', era a palavra que eu havia recebido do Cristo. Ele poderia ter dito 'Amor', mas disse empatia. O fato era que a passagem para o Térreo custava caro. E para consegui-la, eu ia precisar de uma porção imensa de apego ao mundo físico, ódio, violência, sangue e medo. Felizmente motivos eu tinha de sobra.

Caminhamos por três dias no deserto na direção de Aurea, a cidade dourada. A cidade dourada era a cidade do rei, ficava a leste do vulcão e era o centro comercial de Pacífica. Ali havia milhões de habitantes. Era próxima do litoral estrategicamente, a cidade mais antiga de Pacífica, local onde há algum tempo meus irmãos mentores do céu haviam encarnado e transmitido conhecimento, tecnologia e ajudado no desenvolvimento dos humanos. Hoje, sob o julgo de um rei concupiscente, glutão e carrasco, tornara-se um antro de fornicação, corrupção e vícios.

Alcançamos os portões de Aurea junto com os primeiros raios da manhã. Eu poderia transformar a cidade inteira em pó apenas com um estalar de dedos, ou coagir os guardas a abrirem os portões com a a força de um pensamento. Ao invés disso, pedi que os homens que me seguiam, rotos, mas já bem descansados e bem alimentados, posicionarem um barril de pólvora que produzimos bem em frente aos enormes portões de madeira e aço que guardavam a entrada da cidade. Soldados começaram a se posicionar pelas ameias internas da fortaleza. Arqueiros guardavam as guaritas. Pedi que os homens se afastassem. Com os dedos, acendi o pavio de meio metro e sai caminhado de costas, sem tirar o olho do barril. A explosão lançou os pedaços de madeira no ar e assustou a todos que a presenciaram, causando terror e medo em que ouvira. Mesmo os homens, que haviam estado na primeira explosão do vulcão presenciaram o poder daquele composto, já que a terra havia abafado sua potência, suavizando a impressão de todos.

A cortina de fogo logo deu lugar a uma fumaça cinza, atenuada pelos baldes d'água lançada sobre ela em desespero pelos soldados. Assim que o fogo diminuiu, um exército de homens armados saiu em disparada do enorme buraco formado entre os densos muros de pedra que se perdiam de vista de tão grandes.

Éramos um pequeno exército de mendigos, aos olhos de fora. Desarmados, magros, hirsutos e cobertos por trapos cuja sujeira acumulada pelos anos fazia parte da estrutura dos fios, sendo impossível retirá-la com água. Toda a confiança que os homens depositavam em mim era fruto dos pequenos 'truques' que eu havia feito, diante dos seus olhos simplórios.

Os soldados se posicionaram conforme as ordens de um cavaleiro de armadura e espada em punho. Uma balaclava metálica cobria seu rosto, deixando apenas seus olhos atentos para fora. Dei alguns passos em direção ao exército. Enquanto caminhava, abri os braços em forma de cruz, com as palmas das mãos abertas, na linha da cintura. Num gesto brusco levantei os braços para o alto, lançando toda aquela massa de homens a trinta metros de altura, deixando-os caírem como chuva pela força da gravidade, sob olhar aterrorizado do comandante.

__Traga-me o rei - ordenei.

A experiência dos homens com a mineração e cunhagem facilitou na primeira semana que eu instituísse moedas de ouro e prata para troca de mercadorias. Os tijolos de ouro ornamentavam praças, ruas, casas, monumentos. Havia uma enorme quantidade de matéria-prima para a confecção do dinheiro.

Eu não via a hora de sair dali e embarcar para Serena, mas ainda tinha muito trabalho a ser feito. A transação financeira em moeda, expliquei, visava distribuir riqueza, remunerar melhor o trabalho e facilitar transações comerciais entre os povos. As moedas levavam o meu rosto e tinham quatro valores distintos: uma vaca, que levava o número dez, um carneiro, que levava o número cinco e uma cenoura, que levava o número um. Toda nova política que eu adotasse era objeto de reunião em praça pública explicando seu funcionamento. Também espalhava pergaminhos pela cidade com os decretos.

O próximo decreto, já na segunda semana, foi instaurar um regime representativo. Governariam as cidades os representantes eleitos pelo povo com voto universal, a partir dos dezoito anos. Tornava os crimes de corrupção punidos com a espoliação de todos os bens dos culpados, além de dez anos de detenção. Instaurei os poderes moderadores, criei a secretaria da justiça e de fiscalização, visando auditar as contas do parlamento eleito.

O exército deu um pouco mais de trabalho. Desenhei pessoalmente uma dezena de armas de fogo de uso pessoal e militar; pistolas e canhões ajudariam a defender as cidades, manter a lei e a ordem conforme as prerrogativas do Estado e espalhar as novas políticas pelo globo, com auxílio da força para depor déspotas, se preciso fosse. Criei laboratórios de pesquisa para os elementos químicos, transformei os templos aos deuses em universidades, decretei alfabetização universal, decretei ainda uma renda mínima para anciãos, cegos, aleijados e com comorbidade severa. Tornei obrigatório o banho, ensinei higiene básica e apresentei uma lista de receitas para a produção de medicamentos com plantas e raízes encontradas na natureza. Minha última medida, e mais controversa, foi a proibição do acúmulo de moedas, impondo um teto máximo que cada cidadão poderia ter.

Para que minhas políticas funcionassem, precisei passar dois anos a mais em Pacífica, até que os primeiros resultados aparecessem. Em pouquíssimos casos precisei fazer uso de violência, já que a maior persuasão era fornecida pelo Sombra, que andava com rei para todos os lugares, amarrado a uma coleira, andando agachado feito cachorro, cego e com a língua cortada.

Os dois anos foram suficientes para acumular um número extraordinário de armas, fazer estoques consideráveis de pólvora devidamente armazenados em barris herméticos, abastecer os navios com suprimento e zarpar. No dia que saíamos da cidade, reuni os cidadãos e avisei que se alguém desobedecesse as medidas por mim impostas, haveria graves consequências, e que se eu precisasse retornar aquele lugar novamente, seria para destruí-lo. Para que eles jamais esquecessem, explodi o rei com um olhar fulminante, espalhando pedaços de carne e sangue para todos os lados.

Nossa frota cruzou o mar em festa. Os homens estavam voltando pra casa, após doze longos anos em Pacífica. Mais corados, fortes e animados, suas preocupações com uma porção a mais de legumes ou um osso a mais para roer antes de dormir passou a ser conquistas terras, mulheres e respeito. Sombra havia colocado um punhado de dentes de ouro no lugar onde só havia vazio e dor. Durante a viagem de volta, Sombra reuniu os homens no convés.

__Marcel. Os homens querem ter uma palavra com você - disse.

Eu já sabia do que se tratava, mas permiti que eles expusessem suas aflições.

__Quem é você de verdade? - perguntava um.

__Como consegue fazer todas essas coisas? - questionava outro.

__Você é um deus?

__Por que esperou tanto tempo para se vingar?

De fato, os dois anos que se passaram foram de trabalho, reformas, vingança e planejamento. Os homens pouco se aproximavam de mim, por medo e por não entenderem o que estava acontecendo com o companheiro de escravidão por anos. Eu não respondia suas perguntas, evitava contato com qualquer um, passava a maior parte do tempo trabalhando em projetos. Desenhei armamento, embarcações militares, escrevi uma constituição entre uma série outros textos, treinei professores e técnicos dentro daquilo que era possível de acordo com seu desenvolvimento, sobrando pouco tempo para saciar a mera curiosidade dos homens sobre meus 'truques'. Agora, eu estava voltando pra casa depois de tanto tempo, os homens estavam felizes, comendo bem e bebendo boa cerveja.

__Meu nome é Lucian - disse.

__Lucian igual ao demônio? - perguntou Mateo, embriagado.

Subi no alto da proa junto ao leme, os homens me observavam atentamente.

__É assim que vocês me veem? Como um demônio?

Houve burburinho por algum tempo. Os homens estavam bêbados, eu mesmo havia tomado muita cerveja, mas me controlava melhor do que todos.

__Não! - disse um tripulante, seguido de uma sucessão de outros 'nãos'.

__Você é o nosso salvador! - bradou Sombra, para delírio dos homens que levantavam suas canecas em êxtase.

__Eu sou Lucian, aqueles que todos dizem que é o demônio. - continuei. - Mas não sou um demônio - ponderei. - Sou um homem como vocês, mas descobri que antes de vir pra esse mundo, eu era um ser que vivia no céu, e que precisou estar aqui para cumprir uma missão.

__E qual é a sua missão? - perguntou Ratazana.

Vidrei os olhos no horizonte.

__Instruir as almas do inferno para o caminho do bem - respondi.

Os homens trocaram olhares sem entender. Por um instante fez-se silêncio.

__E como você pretende chegar lá? - questionou Sombra.

__Existem várias formas de se chegar ao inferno - respondi. - Vingança, ódio, cobiça, inveja, violência, luxúria, acúmulo de dinheiro. Quem me seguir vai ter tudo isso e muito mais, aqui e no inferno.

__Pro inferno! - gritou Mateo com a caneca em riste, seguido de um brinde coletivo. - Inferno! Inferno! - bradavam os homens.

No final da conversa, acabei me embriagando. Os homens o tempo todo me pediam para fazer 'truques', dos mais variados, desde voar, fazer a frota acelerar a uma velocidade jamais imaginada por eles, fazer Mateo surfar numa baleia, transformar Ratazana temporariamente na mais bela mulher vista por eles.

Por conta das brincadeiras de acelerar os navios, alcançamos a costa de Serena dois dias antes do previsto. Na noite anterior, porém, despachei alguns navios para oeste; uma frota deveria desembarcar em Arbórea, outra em Terramar. Os homens estavam instruídos a impor meu regime em terras estrangeiras, sob fogo se preciso. Ratazana e Mateo foram os comodoros dessas frotas, autorizados a espalhar meu nome e minhas políticas ao mundo.

Sombra permaneceu ao meu lado. Era um grande contramestre, sabia lidar com os homens, era leal e estava vivendo a grande aventura de sua vida ao meu lado.

A costa de Serena estava guardada por centenas de navios. Éramos apenas uma nau desarmada, mas a notícia de que havia um homem com poderes divinos de remover montanhas e aniquilar exércitos havia se espalhado desde que puséramos os pés em Aurea.

Furamos o bloqueio disfarçados de pescadores. Eu não estava interessado naqueles homens, meu foco era Elisa e minha vingança tão esperada contra Saulo Bico Doce. desembarcamos na praia, pedi aos homens que montassem acampamento. Sombra me seguiu, a pé, pelo caminho que levava até a fortaleza dos Ursos de Pedra. Andamos como homens comuns, saudosos de sua terra natal.

Em pouco tempo, estávamos em frente aos portões do palácio, abertos. Entramos misturados a alguns agricultores. Havia bem menos vermelhos montando guarda desde a última vez que estive ali. Perguntei a um deles onde poderia encontrar o rei, estendendo um belo colar de brilhantes como prova de minha boa intenção. O homem me apontou o caminho até um dos salões do palácio, e ali me despedi de sombra, que saiu em busca de uma bebida.

Saulo Bico Doce estava gordo e envelhecido, tinha expressão aborrecida e cansada, mas sua corpulência e vigor físico pareciam ainda mais ameaçadores do que quando o vi pela última vez, cavalgando sobre seu cavalo, puxando minha amada como se fosse um animal.

Bico Doce parou de comer quando me viu entrar no salão. Pegou a caneca de cerveja e deu um trago prolongado, seu pomo de adão subia e descia num movimento desagradável e ruidoso conforme engolia o líquido. Em seguida, socou a caneca com força de volta à mesa, seguido de um arroto prolongado.

__Guardas!

Ninguém apareceu. Eu havia posto uma dúzia de guardas pra dormir ao longo do átrio interno.

Aproximei-me da mesa e me servi de uma caneca. Enchi o copo e dei um trago. Era a mesma cerveja preta que eu havia bebido ali antes de fazer amor com Elisa e ser preso pelos seus soldados.

Bico doce me observava com um olhar incrédulo.

__Guardas! - repetiu em vão.

__Ninguém virá. Poupe sua garganta - disse a ela calmamente enquanto passeava pelo enorme salão de pedras brancas algumas janelas em forma de losango, uma enorme mesa farta, porém ninguém ao redor para compartilhar da boa comida. Estranhei a ausência de companhia.

__Onde está Elisa? - perguntei.

Saulo Bico Doce levantou-se em sobressalto, vindo com velocidade em minha direção. Agarrou-me pela garganta com sua poderosa mão direita e me levantou com violência, encostando-me contra a gélida parede de mármore.

__Quem diabos você pensa que é? - perguntou babando de ódio enquanto encarava aquele eremita abusado que invadira seu palácio e atrapalhara sua refeição.

Bico Doce, de repente, me reconheceu. Fitou-me nos olhos com curiosidade e me deixou cair no chão.

__Marcel? Não pode ser - disse tentando entender.

__Onde está Elisa? - perguntei novamente.

__Como foi que você conseguiu escapar do vulcão? - perguntou curioso.

Levantei-me, fingindo dificuldade e fragilidade.

__Onde está Elisa? - perguntei mais uma vez, já sem paciência.

__Elisa. Claro, Elisa - divagou Bico Doce. - Está morta - respondeu finalmente.

Meus olhos se encheram de lágrimas, minha boca secou e meu peito o coração havia disparado.

__Você a matou! - Disse para Bico Doce, que pareceu soturno.

Fechei os olhos e entrei na sua mente. Em minha mente, a imagem de um corpo de mulher pendurado pelo pescoço me encheu de fúria. Bico doce continuava taciturno.

__Você a matou - disse novamente.

__Ela se matou enforcou! - gritou estridente.

Infelizmente era verdade. Pude confirmar em suas memórias que ele não estava mentindo. Elisa havia se enforcado com uma sequência de lençóis amarrados a um dos pilares de sua cama, saltando da janela de seu quarto presa pelo pescoço a um laço.

Minha raiva daquele homem se misturou com a tristeza da morte de Elisa, e do sofrimento que ele deveria estar passando desde que havia desencarnado. A imagem do Térreo veio a minha mente com flashes de sofrimento, lágrimas e dor.

Olhei de volta para aquele homem que me impusera dez longos anos de sofrimento e saudade. Uma fúria incomum tomou conta de mim. Parti pra cima dele, e soqueio com força. Ele revidou, e me desviei. Eu poderia acabar com aquilo de uma vez, apenas com a vontade, um gesto, um olhar, mas preferi saborear aquele embate, atacando sua fronte com meu punho cerrado, com um ódio que mais me feria do que a ele, atingindo aquela parede de pedras como um animal selvagem ataca sua presa.

Do nada, senti uma pontada forte nas costas. Minha boca se abriu, tentando consumir todo o ar possível de uma vez. Virei para trás e fiquei chocado com a imagem diante dos meus olhos. Era uma criança. Uma garota, pequena, de cabelos prateados e pele dourada. Uma pequena Elisa, que também lembrava a mim, empunhava um arco e preparava uma segunda fecha que veio de encontro ao meu peito. Senti um gosto de ferrugem na boca, a dor que sentia era lancinante, e logo começou a dar lugar a uma dormência irresistível. Minha visão foi ficando cada vez mais turva, meu corpo já não dava mais conta de manter-se em pé. Caí de joelhos. Uma terceira flecha atingiu meu peito alguns centímetros ao lado da segunda. Minha visão se apagou por completo. Nem pude sentir quando meu corpo desabou pelo no salão. O último pensamento que me ocorreu antes de apagar por completo, foi que não pude me vingar do homem que me causou as maiores dores que um homem pode sentir: a perda do seu amor, da sua liberdade e do seu direito de fazer justiça.

Acordei sem poder me mexer, cheio de dor e sede. Estava atolado num buraco de lama, onde borbulhava uma lava densa e escura. Por alguns dias fiquei estático, sem poder falar. Estava desencarnado, mas minhas necessidades básicas do corpo ainda limitavam meus sentidos. As flechas ainda estavam lá. Minhas feridas estavam apodrecendo, e doíam como se fossem me matar novamente. Minha vontade era de voltar lá pra cima e aniquilar Saulo Bico Doce. Mas tinha problemas demais no momento para pensar em vingança.

Com muita dificuldade, consegui me colocar de joelhos e me levantar. Com a cabeça fora do buraco, pude avistar um número de soldados rotos e aleijados que rastejavam em minha direção: eram os homens que eu havia matado em Aurea, lançando-os para o alto e deixando-os cair. Alguns não haviam morrido na queda, e passaram meses sofrendo com as dores. Aquela horda de zumbis vindo em minha direção me causaram terror. Eu estava confuso e perdido, mas sempre se podia apelar para o céu: fechei os olhos e mandei uma mensagem para Angela.

Hernan apareceu como uma esfera de luz luminosa, afastando aqueles seres sofredores para longe. Sua presença era tranquilizadora, mas para mim a cegueira que eu experimentava atrapalhava meus sentidos, aumentando meu incômodo. Fechei os olhos o máximo que pude para que sua luz não me cegasse, mas mesmo de olhos fechados, seu brilho era avassalador. Em pouco tempo Hernan retirou as flechas, curou minhas feridas emanando energias poderosas de cura e saciou minha sede me oferecendo uma jarra de água, que tomei com vontade de um gole só.

__Onde está Angela ? - perguntei.

__Angela está se preparando para uma missão - respondeu sem dar mais detalhes. - Mas fique tranquilo, sempre que precisar é só chamar.

Conversamos por pouco tempo. Hernan sabia que sua presença ali mais confundia do que ajudava efetivamente. Sua luz servia para afastar os espíritos, e ele sabia disso. Me dissera que ocupava o meu posto durante minha ausência, e estava feliz com meu 'retorno'.

Não era difícil perceber porque os espíritos naquele ambiente fugiam daquela luz. Impor-lhes a cura cerceava seu mérito, de certa forma. E o mérito para solicitar auxílio, cura, entendimento, era fundamental como primeiro passo para saírem dali. Muitos, no entanto, se compraziam com o mal, com a inveja, a escuridão. Havia vício na dor e no sofrimento, um certo prazer em ver a queda do próximo. Tudo isso precisava ser mudado. Meu trabalho nem havia começado, e eu já me sentia como se estivesse no final de uma jornada secular.

Felizmente, aos poucos minhas habilidades de manipulação do fluído cósmico foram retornando, e pude me deslocar com mais confiança, sem correr o risco e ser atacado por uma legião de vingadores que me conheciam. Já sem dores, levantei-me da cova rasa e úmida que me acolhera por não sei quantos dias, dei os primeiros passos para fora e só podia pensar numa cama quente, um bom banho e quem sabe uma boa refeição.

O Térreo era um ambiente terrível de se estar. Era uma cidade em ruinas, destruída por guerras e conflitos, habitada pelos seres mais violentos, corruptos e infelizes de Quíron. Seu chão era sujo e suas ruas esburacadas. As paredes do que deveriam ser casas eram rabiscadas, destruídas, cobertas de lama e invadida por vermes, pragas e ervas daninhas. Havia um cheiro de pólvora no ar denso e difícil de respirar, o que me remeteu imediatamente à galeria escura e úmida do vulcão que levava meu nome. "Apropriado", pensei.

Os habitantes eram deformados; faltava-lhes membros e órgãos, às vezes até as camadas de pele, deixando seus ossos, nervos e cartilagem à mostra. Um espírito de luz naquele ambiente era algo insuportável para esses seres infelizes. Sua voz ecoava como uma trombeta ensurdecedora, sua presença era constrangedora sob muitos aspectos, especialmente porque desnudava os sentimentos mais secretos dos seres; muitos choravam, demonstravam a fraqueza inerente a sua condição perante seus pares, o que era perigoso e abominável sob o ponto de vista imposto por anos naquela psicosfera abominável. Sem contar o intenso brilho que impedia que eles enxergassem, além de iluminar todo aquele ambiente desolado que era preferível não se ver.

Caminhei pelo centro da cidade devastada. Não era fácil sem ser hostilizado, xingado e assediado por prostitutas, famintos e viciados. Avistei de longe o obelisco que eu havia construído para preparar a reencarnação dos espíritos dali. Era lá que Hernan ficava, era o prédio mais luminoso e portanto, o setor menos povoado do Térreo. Quanto mais me aproximava, menos espíritos encontrava, menos destruição e menos escuridão.

Parei na base do obelisco. Hernan estava no pico, iluminando feito um farol. Assim que eu toquei a porta que dava acesso ao interior do edifício, tudo se apagou. Era a senha para Hernan partir. A cidade, numa fração de segundo, ficou escura como o nada. Nada se enxergava, nem um palmo a frente. Fechei meus olhos e tornei meu corpo luminoso, mas não ao ponto de cegar, apenas para me destacar. Volitei até o pico do obelisco, com a sensação de que estava sendo observado. Ali, plantei uma pequena esfera de luz, que transformara o ambiente ao redor numa penumbra, possibilitando que os seres enxergassem de maneira confortável, e que se aproximassem.

Não demorou muito até que todo o choro e grito de dor cessasse, dando lugar a curiosidade. Em pouco tempo, o obelisco estava cercado.

O obelisco era uma imensa edificação de cristal. Um pilar gigantesco que se destacava das demais construções daquele local. Dentro, estava repleto de leitos, onde uma avançada tecnologia criada no céu permitia que seres repousassem em quarentena até o ponto de encarnação na superfície. Ali, durante o repouso, o espírito recebia energias de cura, passava por um processo de esquecimento duradouro e quando estava apto para se manifestar na carne, atravessava o umbral de volta em algum ponto da esfera. Infelizmente, havia poucos leitos ocupados.

Desci até a base do obelisco e sai pela porta. Uma horda espíritos me esperava com curiosidade. Houve silêncio por algum tempo. Seus corpos machucados, rostos feridos e tristes, seu cheiro podre e olhar vidrado me causaram pena e repulsa, uma ponta de medo e uma imensa vontade de ajudar.

__Meu nome é Lucian - disse para desespero de todos.

Houve gritos de reprova, protestos, uma tentativa de aproximação e violência, que eu logo repeli acendendo meu corpo em chamas. A luz emitida por mim quando me defendia os afastava, e logo deixei claro quem mandava ali. Infelizmente, a linguagem da ameaça, do suborno e da força era a única que funcionava ali, até então.

__Estou aqui para ajudá-los. - continuei - Colaborem comigo e ninguém ficará mais ferido. Todo choro e toda dor vão acabar.

__Queremos comida - disse um ser esquelético, de olhos esbugalhados.

__E água - disse outro.

__Estou com dores, preciso de uma bebida.

__Silêncio! - precisei intervir no meio da cacofonia que as reivindicações se tornaram.

Dessa vez eles pararam para ouvir, sem que eu precisasse me transformar numa fogueira.

Uma mulher grávida se aproximou de mim e caiu de joelhos em prantos. Abaixei, peguei-a pelas mãos e a levantei. Notei que ela tinha um buraco na barriga, onde devia ter um bebê. Estendi minhas mãos e emanei energia de cura. Em poucos segundos, a mulher estava bem, curada. Todos se espantaram. Abri a porta do obelisco e pedi para ela escolher uma cama e deitar. Logo a multidão estava em polvorosa, todos queriam participar daquele processo, cada um com sua demanda. Uma longa fila se formou, e rapidamente o obelisco estava abarrotado.

Enquanto aguardava que o obelisco se esvaziasse, caminhei pela cidade a procura de Elisa. Havia muitos seres desencarnados em situação de suicídio, o que formava um mar de espíritos, sendo quase impossível dissociá-los. Fechei os olhos e mandei uma mensagem para Hernan. Solicitei que ele intervisse pessoalmente para encontrá-la.

Como fosse preciso aguardar leitos no obelisco em função da pouca oferta de corpos na superfície, diminui o tempo de hibernação no mecanismo de desmemorialização e convoquei um mutirão de reformas em troca de água, comida e posições de poder em vidas futuras. Minha estratégia era plantar em seu inconsciente coletivo a ideia de que só era possível obter recompensa através do auxílio mútuo. Assim, treinei-os exímios construtores, desde que a construção de cada um servisse de presente para outro. Incentivei, através da coerção, um amplo programa de cultivo de hortaliças em estufas, já que a terra ali não era das melhores para se cultivar. Criei dezenas de cozinhas, espalhei alguns hospitais e desenhei um tapa olhos escuro o suficiente a ponto de permitir que mentores do céu viessem em missão me auxiliar, sem que fossem afrontados ou que sua presença causasse repulsa entre os 'zumbis', apelido que eles mesmo se deram.

O projeto de reconstrução ia de vento em popa. Jorrava água de uma praça pública, e logo mini obeliscos começaram a se espalhar pela cidade, em minha homenagem, como forma gratidão pelos construtores que se organizaram em uma confraria para celebrar meu governo.

Elisa foi trazida a mim desacordada, em situação deplorável, por um dos mentores enviados por Hernan. Tão logo a curei, ela me reconheceu e me abraçou em prantos.

Elisa e eu passamos horas conversando. Nos dias que se seguiram, expliquei quem era, o que estava fazendo, o que tinha se passado comigo em vida. Elisa me contou sua história pós minha partida, a dor que sentiu, a opressão a que foi submetida, além de confirmar a minha suspeita: tínhamos uma filha encarnada, a qual ela sentia muita saudade, e se arrependia profundamente de ter abandonada a criança. Eu entendi tudo, e a conclusão que cheguei foi a esperada por ela: mandei Elisa de volta para reencarnar como filho da sua filha. Elisa seria seu primogênito, e teria como missão cuidar de sua filha (sua mãe) durante a velhice dura que esta teria pela frente.

Com Elisa encarnada, dediquei-me à cidade, as almas sofredoras. Com o passar das décadas, notei que o número de retorno de almas para o Térreo havia caído drasticamente. Os reencarnados que saíam daqui acumulavam riquezas na terra em posições de poder, mas a semente da caridade plantada em seu inconsciente por mim havia produzido resultados inesperados: esses espíritos criaram um movimento contra a vida confortável em palácios, abdicando de suas riquezas em favor de um estilo de vida alternativo, peregrino, oferecendo seus dotes em troca de comida e hospedagem. Alguns encarnados relativamente despertos começaram a pipocar pela superfície. Diminuir o tempo do mecanismo de memória fez com que alguns espíritos se lembrassem vagamente de sua passagem por aqui levando pra lá sua confraria de ricos divididos entre o acúmulo de moedas e a filantropia, emulando minha estética e moral, criando templos em minha homenagem, usando o obelisco como símbolo e reproduzindo meu estilo de arquitetura, conferindo à superfície um toque de elegância e ativando um novo estilo de arte, calcado na arquitetura pontiaguda, na pintura sombria e disforme, nas música rebuscada e melancólica, até nas roupas escuras e suntuosas que eu usava para atenuar minha luz quando estava dando passes, desde as botas para conter a lama, a enorme capa preta cobrindo o corpo, até os óculos escuros. Hernan gostou da ideia e implementou o mesmo mecanismo para enviar seus médiuns do céu para auxiliá-lo na terra. Muitos, contudo, enlouqueceram, ou foram mortos, acusados de trapaça, foram perseguidos de todas as formas possíveis e imagináveis.

Num dia como outro qualquer, Hernan me enviou uma mensagem, avisando que Sombra tinha ido para o céu e estava protestando, porque queria ir para o 'inferno' ao meu encontro. Ri muito com a situação. Sombra não havia cometido crime nenhum, não havia contraído nenhum débito, e seu saldo estava limpo pelos dez anos de escravidão a que foi submetido; os assassinatos que ele supostamente tinha cometido, eram mentiras para se gabar com seus pares e obter respeito. Sombra não tinha crimes e não teve escolha a me seguir, assim como todos os homens que chegaram comigo naquela nau em Serena, sendo brutalmente assassinados por minha causa por Saulo Bico Doce.

Bico Doce foi outro que escapou de mim. Não foi para o céu, naturalmente. A canalhas como Bico Doce, o próprio Cristo havia reservado uma penitenciária em Plutão, onde outros genocidas cumpriam pena. Bico Doce morreu numa guerra contra os meus homens, que após invadirem Terramar e Arborea, decidiram voltar por si mesmos para Serena, lar que haviam deixado por muitos anos, onde encontraram um Bico Doce velho, gordo, mas ainda um ditador cruel. Fiquei feliz ao saber que meus homens, apesar de algumas barbaridades cometidas pelo caminho, conseguiram zerar seus carmas através de suas ações contra tiranos, genocidas e exploradores da fé.

Um século havia se passado em Quíron desde que eu havia chegado ao Térreo como espírito recém desencarnado. Consegui desinflar a psicosfera densa de lá com muito custo. Pela primeira vez em todos esses milênios de missão como colaborador de Angela, senti que estava colhendo os frutos de uma missão bem sucedida.

O Térreo tinha suas próprias leis, como uma prisão na superfície. Todas elas eram calcadas no respeito ao próximo e algumas até curiosas. Se dois seres se aproximassem da fonte para beber da água, era obrigado que um servisse o outro. Só se podia saciar sua própria sede quando se estivesse sozinho diante da fonte, o que raramente acontecia. O mesmo acontecia nas sedes de alimentação: ninguém estava autorizado a pegar um prato e comer sozinho sua refeição: cada um tinha que alimentar o outro, levando a colher com comida até a boca do colega, como um castigo imposto para adaptá-los ao afeto. É claro que levou décadas até que o modelo funcionasse, e é claro que eu jamais esperaria que os resultados fossem tão bons. Era comum conter crises, brigas, revoltas e até rebeliões no começo. Com o tempo, os espíritos que iam chegando já encontravam um ambiente adaptado a essas regras, e apenas a seguiam 'porque era assim há muito tempo'. Higiene, limpeza, respeito às regras eram imposições das quais eu não abria mão. Com o tempo pude abrir escolas, receber mais monitores, o que repercutiu na superfície como um enorme salto tecnológico, filosófico e artístico. Novas fontes de energia foram descobertas, os homens começaram a se comunicar melhor, de maneira mais rápida e eficiente, o comércio se intensificou, a troca de moedas por bens garantiu o financiamento das melhores mentes para a produção de mais bens de consumo, a manufatura eclodiu e uma nova sociedade, mais alegre e vibrante, tomou conta do globo.

Elisa havia reencarnado como Saulo, filha de Elsa, que era minha filha e agora sua mãe, em homenagem ao tirano que havia criado sua mãe, outrora sua filha. Saulo, filho de Elsa, outrora Elisa, tornou-se um grande navegador, mais por necessidade do que por opção. O neto de Saulo Bico Doce fora um homem procurado por todo o planeta, após ter fugido da guerra e da rebelião que despusera seu avô do trono. Saulo Bico Doce fugiu de Serena com uma pequena frota de navios recheados de ouro, prata e pedras preciosas.

Como não pudesse se refugiar em Pacífica, Terramar ou Aborea, Saulo, filho de Elsa, fugiu para o sul do globo, explorando territórios nunca dantes navegados, lar de feras e monstros lendários que povoavam as mentes férteis dos marujos embriagados. Saulo, o desbravador, mudou de nome para Rael, o pirata prateado, e foi parar no último continente ainda desconhecido pelos demais, o qual deu o nome de Braseiro, devido a coloração de algumas raízes, que brilhavam nas noites escuras, vermelhas como a brasa que o aquecera nas noites de chuvas constantes e torrenciais.

Braseiro fora o continente do Sul que eu mesmo afundei com a palma das minhas mãos, gerando as ondas de destruição que varreram o globo de uma geração degenerada e infecunda. Era uma terra promissora, povoada por pequenos espíritos corruptos, destruidores da natureza, cujos carmas eram leves. Ali, viviam como seres inocentes em contato com o meio ambiente, vivendo da caça e da pesca, da abundância de alimentos, da fartura de animais e água, vestidos minimamente em função do calor lancinante, sem contato com civilizações mais avançadas do globo.

Rael, o pirata prateado, instalou-se por ali mesmo, em meio aos nativos com quem fez amizade rapidamente com pequenos subornos de quinquilharias em troca de comida, sexo e uma certa paparicação. Seus homens acasalaram com as nativas, suas mulheres mesclaram-se com os nativos e logo uma geração de dourados e prateados, misturados com a pele azul dos nativos, começou a produzir descendentes de pele verde claro, amarelo azulado, prateados puros, dourados e amarelos, fazendo emergir o imenso continente colorido do sul.

Conforme Braseiro ia se reproduzindo, uma enorme oferta de corpos fez surgir uma ampla demanda por espíritos, tanto do Céu quanto do Térreo. E foi por isso que Angela apareceu, pela primeira vez, no Térreo.

A visita de Angela ao Térreo surpreendeu até a mim. Acompanhada de Mariliz, Alexis, Alice e Hernan, Angela desceu como um raio, da mesma forma que o Cristo fizera em sua visita ao Castelo da nossa querida Vila. Sua luz obrigou que todos nós usássemos os tapa olhos escuros, já mais sofisticados do que os primeiros modelos totalmente opacos. Tapumes nos ouvidos ajudaram os espíritos mais atrasados a ouvirem sua proposta.

__Todos vocês estão convidados a encarnar num continente recém povoado em massa na superfície. Será uma oportunidade preciosa para que todos possam dar um passo largo em direção ao desenvolvimento tão esperado por cada alma daqui.

Angela fez um discurso longo sobre amor, caridade, afeto, as qualidades naturais e a beleza de Braseiro. Explicou com detalhes os processos evolutivos que cada um deveria trilhar individualmente para alcançar a perfeição e um dia poder entrar no Céu, onde esperaria de braços abertos a cada um deles, e que no momento oportuno ela própria encarnaria junto a eles para adiantá-los ainda mais, para a minha surpresa. Quando terminou de discursar, Angela e os colaboradores lançaram os braços para o alto, e todos os espíritos que estavam ali se desintegraram, sem passar pelos leitos de quarentena, direto para a barriga de suas mães encarnadas.

Quando concluíram os trabalhos, os espíritos de luz vieram em minha direção. Angela ajoelhou-se aos meus pés em agradecimento, seguida pelos colaboradores, e os beijou. Eu não pude conter as lágrimas, e também desabei no chão. Um profundo nó na minha garganta me impedia de dizer qualquer coisa, mas no fundo todos entendiam o que se passava em nossos corações. Angela pegou minhas mãos e me levou de volta para nossa casa, no céu, onde eu pude finalmente tomar um bom banho, saborear uma bela refeição e relaxar em frente a uma tela plana.

A notícia da vinda do Grande Mãe ao mundo chacoalhou os alicerces de Quíron. Os encarnados sencientes mais adiantados foram responsáveis por espalhar a boa nova, que se propagou como chama por todos os continentes. As gerações que encarnaram do Céu e do Térreo carregavam consigo o anseio da visita de um ser divino entre eles, e era comum especular onde e quando sua chegada se daria.

A superfície de Quíron havia se tornado um ambiente mais adequado para se viver. Porém, a ida direta de seres do Térreo pra lá carregou consigo sua psicosfera turva, ainda que amenizada pela presença de Angela, e essa tênue densidade no ambiente foi suficiente para desencadear uma sequência de ações inesperadas.

Braseiro não dispunha de uma frota militar, uma economia segura, uma elite esclarecida suficiente para direcionar as gerações para o desenvolvimento conforme ia crescendo. Angela, portanto, autorizou a colonização de Braseiro por cidadãos provenientes de Terramar.

Os homens e mulheres de Terramar eram fortes, corpulentos, mais altos do que o comum. tinham os cabelos densos e emaranhados, a pele escura como a noite, olhos vermelhos como brasa, e tinham sede de terras e riquezas. Estavam cansados de fazer negócios com Serena e Pacífica, que continham as maiores quantidades de metais, estavam mais avançados militar e politicamente. Alcançar as praias de Braseiro, para os navegantes de Terramar, foi uma oportunidade de desenvolver sua metrópole. A falta de mão de obra disposta a financiar sua empreitada, contudo, fez com que os Terramarenses partissem para a errônea moção ao trabalho escravo.

Os espíritos de Terramar faziam parte do grupo que vinha reencarnando num círculo vicioso, desde a Terra, entre senhorios e escravizados. Suas cidades eram evoluídas, seus habitantes eram civilizados e bem adiantados, mas o ímpeto de se destacar economicamente diante de um mundo cada vez mais competitivo pelo advento de novas formas de produção e comércio, fez com que os governos de Terramar se unissem em expedições pelo mundo em busca de novas oportunidades.

A empreitada funcionou, e logo outros continentes chegaram à conclusão de que era impossível concorrer com uma economia assim, e declararam guerra a Terramar. Com o acúmulo de riquezas e poderio bélico, Terramar invadiu o vizinho Arborea e expandiu seu domínio, obrigando os governos de Pacífica e Serena, antes inimigos, a fazer uma aliança militar diante do novo inimigo. Um novo desenho geopolítico estava formado no mundo, e eu acompanhava tudo pela tela plana da minha varanda, com vista para o mar no Céu.

A política colonizadora de Terramar em Braseiro também preocupava o Céu. Terramar dividiu Braseiro em capitanias, pedaços enormes de terra governados por um senhor, geralmente um déspota da elite vendida de Arborea, que recebera o mimo em troca de sua traição ao seu povo, com a finalidade de explorar as terras, governar e enviar riquezas para Terramar. Ficava cada vez mais claro que o conflito propriamente dito, ocorreria, invariavelmente, em Braseiro, menos vigiada e preparada para uma guerra.

Braseiro havia se transformado numa nação essencialmente rural, ocupada militarmente por Terramar e governada por Arborea, baseada no trabalho dos nativos escravizados, com um profundo sincretismo religioso que misturava cultos a deuses antigos, até Lucian. Havia um preconceito mútuo entre os coloridos, cada um acreditava que sua religião fosse a verdadeira, e que seu deus fosse o único. O Estado, contudo, não se importava com o que seus cidadãos acreditavam, desde que produzissem e gerassem riquezas, que iam desde a exploração de plantas energéticas, especiarias, pedras e metais preciosos, animais exóticos, frutas especiais, até óleo combustível.

Os primeiros conflitos começaram a acontecer na costa de Braseiro. No começo, navios foram afundados, causando imensos prejuízos aos governos. A necessidade cada vez maior de ocupar Braseiro fez com o governo de Terramar incentivasse a migração de cidadãos em massa, com a promessa de terras e trabalho. Muitos embarcaram, abandonando seus lares em busca de condições melhores. Nessa leva, contudo, criminosos foram enviados aos milhares em troca de suas penas, desde Terramar até Arborea.

Os cidadãos de Arborea eram pacíficos e voltados para o trabalho e a ciência. Tinham olhos e narizes mais proeminentes, a pele rosada, eram introspectivos, baixos e magros, frugais, com gosto incomum para a alimentação, baseada mais em plantas, frutas, folhas e raízes. Eram bons com números, falavam pouco, trabalhavam sem descanso de sol a sol, eram bons administradores e tinham hábitos simples. Terramar encontrou nos arboreanos as figuras perfeitas para manter o funcionamento de sua colônia, enquanto se ocupavam com conflitos militares para manter e desfrutar de sua fortuna cada vez maior, seu estilo de vida cada vez mais peculiar, com festas e ostentações.

Pacífica havia se desenvolvido tecnologicamente de maneira muito rápida, desde minha passagem por lá. Era pioneira em manipulação dos elementos químicos e dos fenômenos físicos. A exploração desses elementos e a descoberta do funcionamento desses fenômenos fez com que Pacífica descobrisse a eletricidade, desses os primeiros passos na aviação, construísse máquinas à base de óleo, gás e eletricidade, até que finalmente, graças a esses avanços, um cientista de Arborea descobriu como manipular a energia nuclear.

Com posse desse conhecimento, o cientista embarcou numa viagem à Pacífica, dando a eles a fórmula fatal. Em poucos anos, Pacífica dava fim ao conflito entre as nações, lançando uma bomba atômica sobre Terramar, levando milhões à morte, obrigando outros milhões de cidadãos afetados indiretamente pela contaminação a buscar refúgio na colônia de Braseiro.

Braseiro virou um território de conflitos. A elite de Terramar passou a ocupar a colônia, mas encontrou entrave na administração de Arborea, que agora controlava o território também de maneira militar, com apoio das potências do norte. Os arboreanos haviam herdado milhões de hectares de terra graças aos próprios terramarenses, o que obrigou esses refugiados a se amontoarem em regiões periféricas, em moradias parcas, sem as condições básicas necessárias para uma vida digna.

A abolição da escravidão sem nenhuma contrapartida econômica ou de inclusão social, medida imposta pelos governos do norte, levou outros milhões de cidadãos nativos a essas periferias, ou aos centros urbanos ainda em formação, trazendo desordem, pobreza e ignorância a esses novos grupos. Territórios no Sul que antes eram utilizados como colônia de férias pela elite de Terramar foram divididos entre Serena e Pacífica.

Braseiro se desenvolveu, mas virou um barril de pólvora, com uma classe trabalhadora concentrada em apenas alguns Estados, uma imensa massa de trabalhadores rurais explorados por grandes proprietários de terra, nativos espalhados e aniquilados por suas terras, uma elite fortemente armada e comandada por governos nortenhos que passaram receber seus espólios. Era uma miscelânia colorida de gente de todos os povos; pretos, amarelos, azuis, vermelhos e prateados. Prateados de cabelos crespos, pretos de olhos azuis e cabelos lisos até os pés, vermelhos de olhos proeminentes e magros, azuis corpulentos de olhos vermelhos. Braseiro era um reflexo do mundo, resumia perfeitamente o espectro de Quíron, como seu microcosmo. E foi nesse ambiente que Angela convocou a todos nós colaboradores para uma reunião.

Angela havia prometido que encarnaria na superfície de Quíron, mas não dava detalhes a ninguém, como sempre fazia quando a missão era árdua e polêmica, como a minha, que acabou enfurecendo Alexis. Angela acreditava que caberia a cada um encontrar soluções, já que também estávamos sujeitos à lei do mérito. Talvez ela já tivesse todo o plano em mente, ou talvez simplesmente desceria até lá e improvisaria.

__Durante minha estada na superfície, quero que alguns de vocês me acompanhem. Não encarnados, mas como mentores. - Angela tinha a expressão séria e firme, estava serena e tentava não transmitir preocupação.

Estávamos sentados à mesa de reuniões da Grande Escola, com o globo de Quíron

no centro. O pequeno continente em forma de cone se aventurava diante de mim, talvez necessitando de um novo 'empurrãozinho'. Mas seguramente esse não era o plano de Angela, que enfatizava a necessidade de não interferirmos em suas ações, que poderiam ser duras.

__Quem vai cuidar das coisas por aqui em nossa ausência? - questionou Mariliz.

__ Lucian - respondeu Angela.

Todos acharam justo.

__Ele já teve trevas nos últimos tempos - completou para riso geral.

__E o Térreo? - Alexis cuidará do Térreo por um tempo.

Alexis não conseguiu disfarçar o incômodo. Dentro de mim senti uma ponta de alegria. "Empatia", veio em minha mente. Alexis leu meu pensamento e me encarou sem jeito.

__Hernan e Alice serão meus mentores. Eu preciso despertar o mais rápido possível, lembre-se disso. Os trabalhos devem começar imediatamente assim que eu sair do ventre.

Angela se referia aos trabalhos de despertá-la como eu despertci na caverna. Mesmo um espírito adiantado como ela entraria num período de esquecimento na carne. Era necessário trazê-la em espírito para o Céu todos os dias, desdea infância, trabalhar suas energias no corpo, abastecer sua mente de memórias e trazê-la para a iluminação o mais brevemente possível.

No final da reunião, Angela se despediu de nós e percorreu a pé sob os aplausos de toda a cidade até o ministério da reencarnação. Ia passar por um período hibernada, na quarentena do leito, até que finalmente pudesse descer à carne.

Angela encarnou numa favela de Braseiro em meio a um tiroteio entre traficantes e policiais. Braseiro acabava de passar por um golpe militar, no qual o seu presidente eleito pelo povo havia sido deposto por uma junta de chefes do Estado

Maior, sob o comando dos países de Pacífica e Serena. A justificativa para o golpe fora uma ameaça de tomada de poder pelos trabalhadores, os conflitos no campo pela terra, os movimentos revolucionários que lutavam por um governo livre da influência do Norte. O presidente, que havia sido eleito pela frente popular contra os candidatos financiados pelos governos nortenhos, prometera fazer reforma agrária, o que desagradou os barões proprietários das maiores cotas de terra, herdadas desde o período de ocupação de Terramar. Prometeu ainda reformar o sistema administrativo de Braseiro, que era basicamente ocupado por uma elite de nortenhos, homens ricos em sua maioria, que financiavam suas campanhas multimilionárias e mantinham o status quo através da conivência dos meios de comunicação, os quais também eram donos, dos conselho dos sacerdote da maioria das religiões, e do exército cooptado por cargos no governo, altos salários e sem número de benefícios para garantir o funcionamento do Estado corrupto em detrimento das necessidades básicas da maioria da população sofrida, amontoada em favelas sem saneamento básico, violência policial e de traficantes de drogas e armas, sem contar os policiais corruptos que agiam à margem da lei impondo violência, medo e cobrança de imposto por serviços que o Estado não garantia.

Angela nasceu filha de um casal de professores, que lecionavam numa escola da favela, com a pele escura como a de seus progenitores, os cabelos lisos como o da sua mãe, os olhos azuis como o do seu pai. Cresceu brincando em meio ao esgoto, ao lixo, acostumada ao som de balas perdidas, música marginal proibida pelo governo, com acesso a pouca comida e bens materiais. Seus pais ganhavam o suficiente para manter a mesa com o mínimo necessário. Não havia muitos móveis no seu barraco. Havia um aparelho de tv, onde Angela passava horas do dia observando e imitando as falas. Havia um aparelho de rádio, onde Angela tentava imitar as vozes e os ritmos batendo numa caixa de madeira, onde ficavam suas roupas e os poucos brinquedos.

Seu pai dera-lhe o nome de Sara, em homenagem a sua mãe, falecida no mesmo dia em que Sara nasceu. Professor de matemática, Renan adorava jogos de tabuleiro, e mantinha sempre consigo um jogo de pedras que imitava táticas de combate, baseado em cálculos matemáticos.

Sua mãe, Sofi, era professora de línguas. Em Braseiro, a língua comum era uma mistura das línguas faladas pelos nativos, pelos povos de Terramar e Aborea, mas vivia-se no ápice dos estudos das línguas faladas por Pacífica e Serena, que eram muito parecidas entre si, mas totalmente diferentes do idioma local e dos dialetos regionais. Falar o idioma dos nortenhos tornara-se um filão para melhor as condições de vida, alcançar uma posição social melhor e até garantir um certo nível de notoriedade acadêmica, já que a maioria das obras eram escritas nesses idiomas.

Sara cresceu falando todos os idiomas com uma certa facilidade, e ainda criança desenvolveu o seu próprio idioma, que falava com seus pais. Aprendeu a jogar o complexo jogo que seu pai era fascinado, e em pouco tempo superava qualquer um que se atrevesse a encará-la.

Em pouco tempo seus pais notaram que a garota era diferente. Falante, fluente em línguas, exímia jogadora do jogo mais popular entre os acadêmicos, cientistas e estrategistas de combate, além de resolver problemas complexos de matemática e lógica, aos doze anos, Sara fora convidada para demonstrar suas aptidões diante das câmeras, no sentido de promover o governo, numa campanha falsa sobre a educação nas camadas populares. Seus pais foram contra a ideia, já que conheciam de perto as condições das escolas controladas pelo governo. Eles sabiam que a imagem da filha seria explorada por um canal de tv controlado pelo governo. Mesmo assim, Sara firmou que ia, não se importando com o que estava acontecendo.

Na noite anterior ao programa, Sara despertou. Já estava sendo cuidada pelos mentores desde que aprendera a falar, com oito meses de idade. No dia da sua apresentação no programa, Sara brincou como uma criança, ganhou de grandes mestres nos jogos, demonstrou seu conhecimento em línguas, respondeu a todas as perguntas calculadas pela direção do programa. Quando Sara finalmente foi perguntada de onde vinha toda sua inteligência, começou a falar uma língua estranha, que ninguém conhecia. Era a língua que tinha inventado, e que somente seus pais sabiam.

Naquele momento, algo extraordinário aconteceu no mundo todo: todos os encarnados no planeta começaram a falar uma língua estranha, que ninguém conhecia. Por mais esforço que se fizesse para realizar a pronúncia pensada no que se quisesse dizer, a língua que saia de suas bocas era diferente da língua que entrava nos ouvidos. A apresentadora do programa, em horário nobre, falava uma língua estranha diante de milhões de olhos atentos, sem entender nada, e quando tentavam se comunicar, também não conseguiam.

Houve um alvoroço sem fim em todo o país. Os pais de Sara, preocupados, puxaram a menina pelo braço e desapareceram dali em meio à confusão que se instalou nos bastidores do programa. Ninguém entendia o que estava acontecendo, e ninguém era capaz de explicar, porque era impossível se comunicar de maneira eficaz. Era como se o mundo tivesse voltado à estaca zero em comunicação. As tvs, inutilmente, tentaram emitir um comunicado escrito, também inútil. As letras subiam na tela como uma linguagem antiga e morta, que não fazia sentido pra ninguém. O desespero se instaurou e tomou conta dos povos do mundo.

A desordem se manteve por uma semana seguida. Quando o pandemônio deixou a civilização, começaram as especulações do que pudera ter acontecido, e como aquela garota poderia estar implicada.

Sara passou a ser perseguida, e a busca por respostas fez com que a os jornais especulassem, criassem toda sorte de teorias da conspiração. Os sacerdotes do templo condenavam a menina, dizendo que ela poderia ser o demônio. Alguns poucos grupos silenciados pela grande mídia distribuíam panfletos pelas ruas, afirmando se tratar da Grande Mãe do Mundo, a salvadora que viera para sanar todos os males da humanidade.

A família de Sara não tinha muitas opções para onde se esconder, e logo a menina foi localizada por jornalistas investigadores. Uma câmara apontada para ela lançou novamente seu rosto no ar. Desta vez, Sara se escondia na casa de uma amiga da escola, também filha de professores amigos dos seus pais. Quando a câmera apontou seu flash de luz para o rosto da menina, toda a energia do país caiu, e a escuridão tomou conta de Braseiro. Imediatamente toda a população perdeu a visão. Novamente o desespero tomava conta de toda a nação. Sem enxergar, ninguém saiu de casa por uma semana, o tempo que durou a cegueira coletiva. Quando todos voltaram a enxergar, Sara e sua família haviam desaparecido.

O conflito entre a Frente Popular, grupo de movimentos que lutava contra a ditadura e influência externa e os militares que sustentavam o governo dos generais alcançou níveis preocupantes com a prisão do líder do movimento. A resposta dos grupos foi radicalização, com assaltos, sequestros e ofensivas com bombas em prédios do governo. O governo, que pagava um bom dinheiro por informações desses grupos, prendia qualquer suspeito e torturava, qualquer um que fosse denunciado por um vizinho invejoso, uma namorada ressentida, um ex-marido inconsolável, sem se preocupar se o denunciado era culpado ou não. O medo, nessa época, era palpável.

Houve um surto de doenças que se manifestou em centenas de refugiados de Terramar, que haviam sido expostos pela radiação da bomba lançada trinta anos atrás. Grande parte desses afetados estavam nas favelas onde Sara havia crescido e arredores. Quando Sara voltou a aparecer publicamente, já havia se passado dez anos. Sara havia se transformado numa jovem belíssima, estava com vinte e dois anos. Seus pais haviam se mudado para o interior, na casa de parentes distantes, que a princípio não queriam recebê-los, mas Sara os convenceu com a verdade, dando mostras do seu poder e de sua missão. Ao completar dezoito anos, contra a vontade dos pais, Sara saiu de casa e peregrinou por Braseiro, até tomar um navio e viajar por Pacífica e Serena. Sara passara quatro anos viajando até que as doenças começaram a aparecer com mais intensidade.

Sara entrou num dos hospitais abarrotados de doentes. Crianças choravam, velhos aguardavam deitados moribundos em caixotes improvisados como macas. Não havia médicos suficientes, as filas para ser atendidos dobravam o quarteirão. Sara entrou nos quartos onde aguardavam a morte os doentes mais graves. E começou a tocá-los na fronte.

__Levante-se. Você está curado - era o que dizia.

De repente, a fila começou a andar. Os doentes que estavam em quartos começaram a se levantar e a ir embora, aos saltos de alegria, cheios de vida e felicidade, com suas enfermidades todas curadas. Enfermos que havia dias, semanas, meses estavam acometidos pelas diversas doenças simplesmente saíram caminhando pela porta, para choro e alegria de seus familiares. Sara esvaziou o hospital naquela tarde, e uma multidão se formou do lado de fora do hospital. Quando terminou, Sara saiu caminhando pela mesma porta onde havia entrado hora antes, e seguiu caminhando pela calçada, seguida pela multidão que se aglomerava curiosa.

A essa altura, a imprensa já havia sido avisada de que havia uma bela jovem, que usava um vestido branco longo e desbotado, botas surradas, coberta com uma túnica de seda, havia curado, com um só toque, centenas de pacientes.

Sara entrou na favela assim que os últimos raios de sol cessaram. A multidão, que a seguia com perguntas e agradecimento, hesitou em entrar.

Traficantes e milicianos haviam proibido o acesso à favela de qualquer um durante a noite. Sara, mesmo assim, continuava sua caminhada. De casa em casa, de porta em porta, Sara sabia quem estava enfermo e precisava de cura. E naquela noite, curou centenas de doentes, da mesma forma que havia feito no hospital, sem ser abordada por nenhum bandido.

A Frente Popular aproveitava uma quadra de esportes no alto da favela, controlada por traficantes, para se reunir. Um dos líderes do movimento havia sido curado por Sara na noite anterior. Ele discursava quando Sara apareceu.

__Ali, companheiros. Olhem essa moça. Ela salvou minha vida - disse Oscar, um homem verde, alto, de óculos e longa cabeleira.

Oscar havia sido baleado num confronto com o exército. Estava havia dois anos acamado, sem poder andar. Oscar morava na cidade, era de uma família rica, mas fora resgatado por seus companheiros e levado até a favela, para não ser preso pela polícia, que tinha pouco acesso naquele território.

Oscar falava para um grupo de vinte pessoas. Sua alegria ao ver Sara havia sido tomada por um choro incontido. Oscar era ateu e materialista, e desde que Sara havia tocado sua testa e ele voltara a andar, entrou em conflito com sua falta de fé.

Sara entrou caminhando pelo Salão. No meio do grupo, parou e ficou observando o discurso de Oscar, que havia parado para tentar segurar o choro. Os presentes a encaravam, confusos. Houve silêncio e por um tempo, seguido de um burburinho. Sara olhou para Oscar.

__Continue.

Oscar segurou o choro e com muita emoção fez um discurso de amor a vida, agradeceu à família dos amigos que haviam o acolhido, falou da saudade que sentia da esposa e dos filhos, que não via há tempos desde que havia sido baleado, que estava escondido por muito tempo e queria pôr um fim em tudo aquilo. Mas advertiu:

__A luta continua! Vamos derrubar a ditadura! E essa moça vai nos ajudar, eu tenho certeza que ela foi enviada para nos ajudar! - concluiu sob aplausos dos presentes.

Sara foi cercada pelos militantes. Carlo do Movimento Pela Terra estava ali. Estava presente também o líder das Central das Favelas, Augusto, e o presidente da União Sindical, Lúcio. Oscar era coordenador de um dos movimentos revolucionários, o MR1. Seu líder, Fred, havia sido preso pelos militares na operação que ele foi baleado.

__Então companheira. Como é que a companheira pode nos ajudar a derrubar o governo? - disse Carlo, um homem baixo, amarelo rosado, atarracado, careca, que falava com um cigarro no canto da boca.

Sara olhou o homem com serenidade.

__Os governos mudam. Uns melhores, outros não. Os homens, dificilmente mudam. E quando mudam de verdade, deixam se importar com as pequenas intempéries do dia a dia. Não é o governo que precisa cair, mas o Homem que precisa ascender - disse.

Os homens cochicharam entre si. Alguns riram, outros tentaram disfarçar a confusão. Carlo deu uma tragada forte no cigarro e encarou Oscar.

__A companheira está querendo dizer que a gente precisa esperar que os milicos criem vergonha na cara e resolvam deixar o poder? - perguntou.

Sara não respondeu, apenas observou enquanto os homens cochichavam. Dessa vez foi Lúcio quem a abordou.

__A companheira entende que existem pessoas morrendo nos porões dos quartéis, que existem pessoas morrendo de fome, desempregados, que trabalham duras horas todo o dia e o que ganham mal dá pra pagar as contas? - questionou o homem alto e magro, levemente esverdeado, cabelo preto bem penteado e olhar sereno.

__Traga até mim aqueles que têm fome e eu os saciarei.

Dessa vez os homens riram, e o ruído de suas vozes subiram de tom. Uns ameaçaram abandonar o local, imaginando que Sara fosse louca ou que estava de zombaria. Oscar, que havia presenciado o poder de Sara, deu um forte assobio.

__Essa jovem me curou ontem. Todos vocês são testemunhas que ontem eu não podia andar, e hoje estão me vendo aqui, forte e saudável. Eu acredito nela. Se ela disse que vai acabar com a fome, façam o que ela pede - disse.

Os homens saíram dali e foram de casa em casa convidando a todos os moradores para irem à quadra. Oscar se aproximou de Sara.

__Seja mais clara, mais direta, mais específica. Você está confundindo os homens.

Sara caminhou até o portão da quadra. Oscar a seguiu.

__A queda é rápida, mas a subida é longa e dura. Feliz aquele que aceita suas duras penas, porque a este foi concedida a graça de reencontrar o caminho.

Sara saiu pelo portão com Oscar gritando por ela. Não havia entendido, e por um momento achou que havia sido enganado. Voltou furioso para dentro, imaginando o que diria para a multidão que se aglomeraria ali em alguns minutos, com que cara encararia seus companheiros de luta. Quando Oscar alcançou o interior da quadra novamente, caiu de joelhos. Uma quantidade descomunal de grãos, frutas e hortaliças, peixe salgado e especiarias havia tomado todo o espaço do ambiente, deixando apenas um estreito corredor no centro, que mal cabia um corpo magro passando.

A notícia de que havia uma 'santa milagreira' nas redondezas acendeu os ânimos dos moradores, impregnou de curiosidade os órgãos de imprensa, colocou uma pulga atrás da orelha dos céticos militantes e preocupou o alto escalão do exército. Muitos especulavam se se tratava da mesma menina que há anos espantou o mundo com suas aparições na tv, e que pela potência dos seus poderes não havia deixado nenhum registro de gravação, porque nas duas ocasiões onde ela apareceu, houve danos irrecuperáveis nos equipamentos.

Sara ficou mais um tempo distante dos olhares curiosos. Vez ou outra, fazia alguma visita inesperada - sempre sozinha, para não chamar atenção -, à casa de algum doente ou que estivesse necessitado. Eram muitas as histórias de moradores de todos os cantos do Braseiro relatando suas visitas, mesmo que num dia ela estivesse curando no extremo sul, e no outro alimentando nativos famintos no extremo norte. Muitos relatavam fielmente suas aparições; cegos voltavam a enxergar, aleijados começavam a caminhar.

Durante um protesto organizado pela Frente Popular, o alto comando do exército decidiu que enviaria suas tropas para o enfrentamento. Os protestos haviam se tornado ilegais desde que os militares haviam chegado ao poder. A Frente Popular, renovada pelos anseios que a presença intermitente de Sara ocasionava, conseguiu reunir uma imensa multidão de populares, que desceram dos bairros pobres e tomaram as principais avenidas dos grandes centros do país.

A situação fugiu do controle quando o exército começou a lançar bombas de fumaça e os manifestantes começaram a quebrar as lojas, casas e depredar os edifícios. Uma enorme confusão se instalou, e os conflitos se tornaram violentos de ambas as partes. Pedras eram lançadas contra os escudos dos militares, que revidaram com tiros, porretes e a cavalaria. O país havia se transformado num território de guerra, a repressão das tropas do governo se intensificava cada vez mais.

No meio do tumulto, Sara apareceu e foi reconhecida pelos manifestantes. Em meio à fumaça de bombas, gritos de dor, apitos de soldados e palavras de ordem, Sara transitava calmamente, socorrendo os feridos, curando os agredidos e acalmando os corações fervorosos de ambos os lados. Como houvesse sido procurado há tempos pelos militares, Sara fora reconhecida em meio à multidão, capturada e presa.

Sara passou uma semana numa cela escura e úmida. De tempos em tempos, ouvia os gritos que varriam os corredores do salão escuro, sem janelas, onde alguns ratos transitavam sem parar. Um soldado trazia suas refeições duas vezes por dia, no intervalo de doze horas.

No sétimo dia, sala foi conduzida a uma sala apertada, com uma forte luminária acesa, onde meia dúzia de homens, entre militares de alta patente e burocratas engravatados a aguardavam.

__Nome?

Sara respondia com educação as perguntas mais básicas sobre sua vida, seus familiares. Confirmou que era a garota que havia aparecido ao vivo na televisão, e que havia crescido numa fazenda no interior. Um soldado raso datilografava freneticamente enquanto ela respondia.

Quando as perguntas avançaram para a militância, Sara silenciou. Não demorou muito até que os homens perdessem a paciência. Sara foi conduzida para o porão, onde foi amordaçada e torturada de todas as formas possíveis. No primeiro dia, foi mergulhada num tambor de água, e acordada toda vez que desmaiava, pendurada pelos pés a uma trave. No segundo, foi estuprada e espancada, seu rosto ficara desfigurado, seus ossos quebrados.

Levada de volta à cela, Sara foi mantida presa até que se recuperasse e fosse novamente conduzida à novas sessões de tortura, com eletrochoques, uma imensa roda de madeira que girada, esticava seu corpo até não mais aguentar e seus ossos começarem a estalar, sua respiração ficando cada vez mais difícil, desmaios sucessivos impediam que os torturadores continuassem.

Sara suportou as sessões de tortura por um mês, até seu corpo não mais aguentar. Jogado finalmente no chão duro da cela, seu corpo fora coberto com um trapo sujo que lhe deram para cobrir-se à noite. No outro dia, quando vieram buscá-lo para dar fim, o corpo havia desaparecido.

Epílogo

Quando Angela retornou ao Céu, trouxe consigo uma legião de espíritos do Térreo. Alheia as especulações sobre o que teria acontecido com seu corpo na superfície, Sara estava reluzente. Nos dias que se seguiram, Sara repousou, andou pela cidade, visitou suas plantas, não tocou no assunto. Sua tristeza era nítida para mim, contudo.

Da superfície, não saía mais espíritos. Entre os encarnados, não havia nenhum espírito que passara pelo Térreo comigo. Todos os encarnados que habitavam Quíron haviam caído durante aquela encarnação, auto vítimas do ódio e da violência. A água deixou de cair. As plantas e os animais morreram. Os homens e mulheres daquela geração, no entanto, não conseguiam desencarnar. Era comum tentativas de suicídios. Uns atiravam nas próprias cabeças, sem sucesso.

Outros saltavam do topo de edifícios e o máximo que conseguiam era a quebra dos seus ossos. A geração que ocupava Quíron, na carne, não morria. Envelhecidos e ressequidos, seus corpos perambulavam pela superfície do globo como zumbis, descamados, desfigurados, famintos e arrependidos. Era dali que vinha a tristeza de Angela. Por ordem do Cristo, era chegada a hora de regenerar Quíron. Ninguém desencarnaria até que se livrasse de seus débitos ali mesmo, onde se encontravam. A superfície de Quíron havia se tornado o próprio Térreo, enquanto a maioria dos espíritos regenerados de outras encarnações, aos poucos, iam deixando também as cidades espirituais em busca de um novo lar, mais elevado para sua nova jornada.

Cento e cinquenta anos se passaram na superfície, sem que ninguém mais nascesse ou morresse. O desespero há muito havia dado lugar à tristeza. A tristeza levou anos, mas finalmente transformou-se em humildade. Quando todos os corações se acalmaram e as vozes em uníssono entoaram o perdão e a misericórdia, Angela retornou à superfície. Seus algozes, desfigurados, choravam desesperados, pedindo perdão, esqueléticos, de aparência horripilante. Angela fez com que as gigantescas naves do Céu descessem à superfície, e lotou-as com os milhões de seres sofredores. De volta ao Céu, reuniu-nos pela última vez.

No centro da mesa, um pequeno planeta esverdeado girava.

__O Universo infinito de Deus carece de espíritos como vocês. São trilhões e trilhões de galáxias, com infinitos planetas diferentes, e a criação divina não cessa. São almas demais para poucos Cristos - disse.

Angela olhou para cada um de nós. Após uma breve pausa, perguntou:

__Então, quem gostaria de ficar com o verdinho?